KB263376

장현전

숨겨진 우리소설 총서 5

장현전

註解 노영근

도서
출판 박이정

현재 전하고 있는 고전소설이 858종에 달한다고 한다. 이 중 연구자의 시야에 들어온 작품은 몇 종이나 될까? 반이나 될까? 필사본과 목판본으로 전하고 있는 작품이 아닌 필사본으로만 전하고 있는 작품의 경우에는 그 수가 더 줄어들 것이다. 아마 많은 수의 필사본이 낙질 혹은 낙장되어 전하고 있다는 점과, 필사 상태에 따라 읽기 어려운 부분이 많은 점, 그리고 읽는 사람에 따라서 다르게 읽힐 여지가 다분한 점 등이 이러한 정황을 만들어낸 것이 아닐까 생각한다.

이러한 정황을 타개하기 위해 우선 해야 할 것이 무엇일까? 우리는 그것이 작품의 진면목을 소개히는 것이라고 생각한다. 그리고 그 작업을 홀로 하기보다는 여럿이 한데 힘을 합쳐서 할 때 더 이상적인 결과를 낳을 수 있을 것이다. 오독誤讀과 그에서 기인한 오해誤解를 최대한 방지할 수 있기 때문이다.

이번에 기획한 「숨겨진 우리 소설 총서」는 이러한 문제의식에서 출발하였다. 연구가 진행되지 않은 작품을 선정하여, 작품을 함께 읽고 토의하는 과정은 전적으로 이야기문학연구회의 정례모임을 통해 이뤄졌다. 따라서 각 책의 주해자는 모두의 노력을 모으는 집합자의 성격이 더 강하다고 하겠다.

　　이야기문학연구회는 국민대학교에서 인연을 맺은 고전문학 전공자들의
모임으로 조희웅 선생님을 중심으로 꾸려졌다. 이 모임을 통해 지금까지
수십여 편의 작품을 검토하였다. 선생님의 정년을 맞아서 이 중 우선 다섯
편을 간추려서 중간 성과로 내놓는다. 앞으로도 이 시리즈는 계속 될 것이
다. 선생님과 이야기문학연구회의 인연이 그러하듯이.

2010. 2.

이야기문학연구회

본 총서는 다음을 원칙으로 하여 작업하였다.

 1. 저본에 기록된 대로 입력하는 것을 원칙으로 하였다.
 2. 저본의 쪽별로 구분하여 입력하였고, 쪽번호는 '1쪽'부터 시작하였다.
 3. 쪽 구분은 빈 줄로 처리하였다.
 4. 읽기 어려운 글자나 기타 사정으로 확인이 불가능한 글자의 경우 추측가능한 글자 수만큼 '□' 처리하였다.
 5. 추측이 전혀 불가능한 경우나, 망실된 부분은 '□' 사이에 말줄임표로 표시하였다.
 6. 오자(誤字)나 탈자(脫字), 오기(誤記)가 분명한 경우, 각주에 정자(正字) 표기를 밝혀 주었다.
 7. 이해가 필요하다고 판단된 단어는 뜻풀이를 가주로 처리하었다.
 8. 쉬운 단어의 경우 뜻풀이 없이 정자 표기만을 각주로 처리하였다.
 9. 한자어의 경우 7.과 8.을 따르되 한자를 각주에 밝히었다.
10. 기타 설명이 필요하다고 판단될 경우 각주로 처리하였다.
11. '각설, 차설' 등으로 내용이 바뀔 경우에만 문단구분을 하였다.

12. 대사 부분은 " " 표시하여 별행 처리하였다.

13. 대사 부분과 8.의 경우를 제외하고 문단구분은 하지 않았다.

14. 대사 다음에 나오는 '하고' 등의 이어지는 말은 들여쓰기를 하지 않았다.

15. 대사 다음에 문장이 시작될 경우는 들여쓰기를 하였다.

우애있는 형제 이야기의 의미
―〈장현전〉과 〈목시룡전〉을 중심으로―

1. 서 론

　개인의 삶을 이루는 근간인 가족은 부모와 자식, 형제와 자매 등 각 구성원 간의 '관계'로 이뤄지고 있다. 비록, 가족이 실재하는 것이 아니라 제도에 의해 규정되는 것일 뿐이라고 개념을 규정한다 하여도, 그것이 절대적인 지위를 차지하고 있음은 지속적으로 확인되는 사실이다. 가족의 개념을 규정하는 데는 여러 가지 견해가 있을 수 있으나, 결혼을 바탕으로 이루어지는 혈연 공통체라는 데에 이의를 제기할 수 없을 것이다. 따라서 이러한 가족은 결혼을 통해 이뤄진 부부관계와 그로부터 파생되는 혈연관계로 구성되게 된다. 즉, 부모와 자식 관계를 기반으로 형성되는 것이다. 가족은 인간의 상상력의 범위 안에서, 또는 인간의 역사적 산물 가운데 가장 오래된 것(기원)이자 가장 최후의 것(미래적인 것)이다.[1] 따라서 가족에 대한 이야기 역시 가장 오래된 것이며 또한 가장 최후에 있는, 시간을 초월하여 무한히 재생산되는 서사이다.

　가족은 개인의 삶에 절대적인 영향을 미치는 기제이며 동시에 사회적 이데올로기의 창구로서 기능하고 있다. 많은 가족 이야기[2]들은 이러한 사실을 반영하고 있다. 가족의 범위에서 형성되는 여러 관계들은 서로 대립하거나 화합하는 양상을 보이는데, 이에 따라 이야기가 생산되고 있다. 이러

---

1) 권명아, 『가족이야기는 어떻게 만들어지는가』, 책세상, 2000. 14쪽.
2) 명확하게 개념 규정된 것은 아니나 범박하게나마, '서사의 중심 갈등이 가족 문제인 작품'을 가족 서사의 범주에 포함시키고자 한다. 이에 대해서는 별도의 논문을 통해 논하고자 한다.

한 이야기의 주체는 부모와 자식, 형제(자매), 오누이 등으로 구별할 수 있다. 이들 중 본고에서는 형제 사이에서 형성되는 이야기에 대해 살펴보고자 한다. 전술한 바 관계들은 화합하거나 대립하게 되는데, 형제 사이에서는 주로 대립하는 형제에 대한 이야기가 관심의 대상이 되어 왔다. 형제간에 우애가 있어서 화합하는 것은 당연한 일이라 여겨졌으므로, 이야기의 관심이 되기 어려웠을 것이다. 그러나 그러한 이야기가 상당수 존재하고 있는 것 또한 사실이다. 이는 형제간에 우애롭지 못한 것이 일반적인 사회현상이었음을 반증하는 것이라고 할 것이다. 이야기 담당자들은 이러한 현실을 우애있는 형제 이야기를 통해 각성시키려 한 것은 아니었을까. 문학이 교육의 기능을 수행한다는 사실을 다시 한번 상기하게 되는 지점이다. 그런데, 이러한 이야기들은 대부분 민담 또는 전설이라 할 구비 서사물로 존재한다.[3] 소설로 대표되는 기록 서사물은 몇 편 찾을 수 없으나, 〈장현전〉과 〈목시룡전〉을 들 수 있다. 본고에서는 이들 작품을 대상으로 화합하는 형제 이야기가 갖고 있는 의미를 찾아보고자 한다.

〈목시룡전〉과 달리 〈장현전〉은 아직 연구가 진행되지 않아 그 자세한 면모가 알려져 있지 않은 작품이다.[4] 현전하는 〈장현전〉은 작품의 전체적인 면모가 완전하게 전하지 않고 있는 작품이다. 이러한 이유로 아직까지 학계의 관심을 끌지 못하였을 것이다. 그러므로, 〈장현전〉에 대한 작품론적인 검토를 우선 진행하여 그 면모를 드러내고, 〈목시룡전〉과의 비교를 통해 화합하는 형제 이야기가 갖고 있는 의미를 해석해 보고자 한다.

---

3) 〈兄弟投金〉이 대표적인 사례라 할 것이다.
4) 〈목시룡전〉에 대한 연구사적 검토는 기왕의 논문에서 이미 다뤄진 바 있으므로 본고에서는 생략하도록 한다. 현재까지 이뤄진 〈목시룡전〉에 대한 연구는 다음과 같다.
　　장유림, 「목시룡전 연구」, 한국교원대 교육대학원 석사논문, 2002.
　　이순우, 「睦始龍傳 연구」, 『한국고전연구』 4, 한국고전연구학회. 1998.
　　조춘호, 「목시룡전 연구」, 『어문학』 58집, 한국어문학회, 1996.
　　김근태, 「〈목시룡전〉 형성의 두 가지 바탕」, 『논문집』 28집, 숭실대학교, 1998.

2. 〈장현전〉 자료 개관

　현재로서는 박순호 소장본이 유일하게 전하고 있다.[5] 전체 108쪽 분량으로 매쪽 13행에 매행 22자 내외로 필사되어 있다. 필사는 양식지의 배면에 되어 있다. 이 양식지[6]는 里(洞), 年月日, 摘要, 調宝額, 取納額, 未納額 등의 항목으로 구성된 것으로 보아 里(洞) 단위로 작성한 조세 혹은 공동모금 장부이었으며, 邑이나 面 단위에서 사용되었을 것으로 생각된다. 또한 그 용어가 중국식 한자가 아닌 점으로 보아 일본어일 가능성이 높다고 하겠다. 특히 일본의 농업관련 문헌 중 〈農家調宝記〉가 있는 것으로 보아 거의 확실하다고 하겠다. 따라서 이 양식은 일제강점기 이후에 사용된 것으로 보인다. 그렇게 본다면 필사된 연대 역시 일제강점기를 웃돌지 않을 것으로 보인다.

　誤字는 많으나, 필체는 비교적 능숙한 솜씨로 전체적으로 고른 모양을

---

5) 본고에서는 김광순 所藏『필사본 한국고소설전집』제37권(경인문화사, 1993, 259~368쪽)에 실려있는 影印本을 텍스트로 사용하였다.
6) 구체적인 모습은 아래와 같다.

里 （ 洞 ）	年月日						里 （ 洞 ）					
	摘 要											
	調 宝 額											
	取 納 額											
	未 納 額											

유지하고 있으며, 중간의 한 쪽 분량을 다른 사람이 필사하기도 하였다. 양식지의 칸에 맞추어 필사하여 목판본같은 느낌을 준다.

'장현전 권지상이라'라고 시작하고 있어 하권의 존재를 생각해 볼 수도 있다. 더욱이 현전하는 이본은 마지막 부분이 낙장되어 있어 작품이 완전하지 않기에 더욱 의심되는 부분이다. 그러나 현전하는 작품의 내용이 발생한 문제가 모두 해결되고 있으므로 하권이 있다면 새로운 이야기가 시작될 것으로 보인다. 현전하는 이본이 전형적인 영웅소설의 성격을 띠고 있으며, 형제의 결혼으로 설정되어 있는 마지막 부분으로 보아 하권은 가정소설적인 내용일 것으로 추측할 수 있을 것이다. 그러나 낙장 혹은 낙질되었기에 새로운 이본이 출현하기 전에는 단정할 수 없다.

3. 〈장현전〉의 구성

1) 순차적 서사단락

〈장현전〉의 서사단락은 다음과 같다. 널리 알려진 작품이 아니기에 서사단락을 비교적 자세히 구분하였다.

1. 명대 성화 연간에 장지성이란 충신이 있었다.
2. 이부상서의 딸 양씨로 취처한다.
3. 양씨가 옥동자를 낳으니, 장차 귀히 될 관상이다.
4. 황제가 장지성의 득남함을 축하한다.
5. 권자경이 장지성을 시기한다.
6. 장지성이 황태후 위로연에 참예하지 않는다.
7. 황제가 사정을 알아보라고 한다.
8. 권자경이 심복인 사관에게 거짓으로 알리라 한다.
9. 사관이 장지성의 병이 위중하지 않다고 알린다.

10. 권자경이 제신을 동원하여 장지성을 벌주라 상소한다.

11. 황제가 배소를 정할 때 권자경이 심복을 동원하여 절강으로 정한다.

12. 권자경이 뱃사공을 매수하여 절강으로 가는 도중에 장지성을 죽일 흉계를 꾸민다.

13. 금부도사가 장지성에게 절강에 정배됨을 알린다.

14. 장지성이 부인 양씨에게 권자경의 모함을 말하며, 하북 두자사에게 가라고 한다.

15. 장지성이 배소로 떠날 때, 장현이 따라나서겠다고 한다.

16. 장지성은 장현을 데리고 떠나고, 양씨는 차자 장영이 모시기로 한다.

17. 장지성 일행이 배를 타고 떠나 칠일만에 무인지경에 이른다.

18. 사공들이 장지성 일행을 결박하고 죽이려 한다.

19. 장현이 울며 살려달라고 애걸한다.

20. 도사공 장홍이 장현의 기상이 비범하다며 살려주고, 권자경에게 거짓으로 보고한다.

21. 권자경이 양씨를 후처로 삼기위해 군사를 보내려고 한다.

22. 청주후 이운경이 권자경을 설득하여 매파를 보내기로 한다.

23. 이운경이 이 사연을 양씨에게 알린다.

24. 양씨가 차자 영을 데리고 집을 춘낭에게 맡기고 하북을 향하여 피신 길에 오른다.

25. 권자경이 양씨 사라짐을 알고 이운경에게 후일을 부탁한다.

26. 도중에 양씨는 남복으로 개착하고 준령을 넘어 여러날만에 어느 강변에 도달한다.

27. 아황여영을 만나 앞으로의 일을 듣는 꿈을 꾸어, 장지성의 죽음을 알게 된다.

28. 부인이 슬픔을 진정하고 길을 떠나 닷새만에 하북에 이른다.

29. 길에서 두자사의 유모인 노고를 우연히 만나 두자사 집에 이른다.

30. 두자사가 부인과 장영을 편히 지내게 한다.

31. 장지성이 절도에서 지내다가 홀연 득병한다.

32. 선관이 상제께서 부르신다는 꿈을 꾸고 자신의 죽음이 임박함을 알게 된다.

33. 장지성이 목욕재계 후 장현에게 현무선생을 따라가라는 유언을 남기고 기세한다.

34. 장현이 노복 충낭과 함께 설영산에 안장하고 시묘하며 지낸다.

35. 어느날 도인이 나타나 함께 가자고 한다.

36. 장현이 노복에게 영제를 맡기고 도술을 배우기 위해 산중으로 떠난다.

37. 천자가 과거를 시행한다는 소식에 장영이 두자사의 도움으로 장안으로 올라간다.

38. 장영이 이운경의 집에 의탁하고 과거를 기다린다.

39. 장영이 과거에 장원급제한다.

40. 장영이 어머니를 모시러 내려가던 중 본가에 들린다.

41. 본가를 지키던 영낭을 만나 그간 일을 말하고 잔치한다.

42. 부인이 장영의 꿈을 꾸니 두자사가 좋은 징조라 한다.

43. 이때 장영이 장원급제하여 내려온다는 서간이 도착한다.

44. 장영이 두자사 집에 도착하고, 잔치를 연다.

45. 장영이 수유한 날이 다되어 올라가려 할 때, 호왕과 흉노가 침범한다.

46. 천자가 권자경의 말대로 장영에게 도총독을 맡기고 친정(親征)한다.

47. 명나라 장수 위한이 세필의 도움으로 흉노 장수 홀개를 물리친다.

48. 위한과 마갈영이 차례로 흉노에게 죽임을 당한다.

49. 세필이 흉노와 싸우다 죽은 후 명나라 장수 일곱이 죽는다.

50. 흉노가 명진을 침범하자 장영이 죽기로 막으나 사로잡힌다.

51. 장영이 뜻을 굽히지 않고 죽기를 원한다.

52. 호왕이 죽이려하다가 다른 장수의 말을 듣고 장영을 투옥한다.

53. 장현이 도술을 배운지 십여 년이 되었다.

54. 장현이 홀연히 들리는 소리를 듣고 천문을 보고 전란이 일어났음을 안다.

55. 현무선생이 전란의 자세한 사정을 알려주며 출전하라고 한다.

56. 현무선생이 장현에게 청용검과 차를 내어주며, 갑옷과 투구는 남해 용왕에게, 용마는 동해용왕에게 받으라고 한다.

57. 장현이 길을 떠나 한 곳에 다다라 노인을 만난다.

58. 노인에게 차를 대접하고 갑옷과 투구를 얻는다.

59. 장현이 길을 떠나 도중에 잠깐 졸자 비몽간에 노인이 길을 재촉한다.

60. 한 곳에 이르자 초당과 동자가 있다.

61. 선생이 깨어 장현의 사연을 듣는다.

62. 선생이 장현을 말리지 못하고, 짐승을 잡아달라 부탁한다.

63. 이때 짐승이 나타난다.

64. 장현이 동자를 해치려는 짐승을 청용검으로 죽인다.

65. 선생이 장현을 치하할 때, 용총마가 나타난다.

66. 장현이 선생에게 용마 주심을 사은한다.

67. 선생이 자신은 동해용왕이라며 전란이 위태함을 알린다.

68. 장현이 청용마를 타고 단번에 음성에 도착한다.

69. 이때 천자는 진문을 굳게 닫고 농성하고 있다.

70. 장현이 천자를 찾지 못하고 있자, 공중에서 소리가 들린다.

71. 장현이 신장을 동원하여 호진을 엄살하고 들어간다.

72. 장현이 천자에게 알현하고 자신의 신분을 밝힌다.

73. 장현이 명나라의 대원수 겸 대사마가 된다.

74. 장현이 동생 장영을 구하기 위해 군사를 데리고 호진으로 쳐들어 간다.

75. 좌충우돌하여 동생을 구하여 명진으로 보내고 장현은 계속 싸워 흉노의 머릴 베어온다.

76. 형제가 지난 사연을 말하고 원수 갚기를 재차 결심한다.

77. 호왕이 함정을 파 계교를 꾸미고 싸움을 준비한다.

78. 장현이 장수들을 각지에 매복시키고 호왕과 싸우러 나선다.

79. 장현이 호왕의 계교에 속아 함정에 빠진다.

80. 장현이 자결하려 할 때, 현무선생이 구한다.

81. 호왕이 달아나는 곳마다 매복한 명나라 장수가 나타난다.

82. 장현이 호왕의 머리를 베고 호진을 함몰시키고 돌아온다.

83. 장현 형제가 상소하여 권자경의 원수 갚음을 청한다.

84. 황제가 형제 뜻대로 하라고 윤허한다.

85. 군사를 명하여 권자경을 잡아오고, 이운경과 두자사를 모셔오게 한다.

86. 서간을 받고, 이운경은 음성으로, 두자사는 절강으로 각각 온다.

87. 배소에서 영제를 지키던 춘남을 만나나 권자경을 잡아오라며 외면한다.

88. 춘남의 충성을 치사하고 사실을 말한다.

89. 권자경의 간(肝)을 내어 제사를 지내고 시신을 모시고 돌아온다.

90. 하북 두자사 집에 도착하여 장현과 양씨가 상봉한다.

91. 장현 형제가 두자사 식솔과 어머니를 모시고 상경한다.

92. 천자가 장현은 연왕에 봉하고, 두자사는 좌승상에, 이운경은 이부상서에, 사공 장홍은 해남절도사에 봉한다.

93. 천자가 장현을 공주와 결혼시키고, 장영은 두자사의 딸과 결혼한다.

이 작품은 다른 고전소설 작품과 마찬가지로 문제가 발생하고 심화되는 전반부와 발생한 문제가 해결되는 후반부로 구분할 수 있는데, 서사단락

1~36과 37~93이 그것이다. 〈장현전〉의 전반부에서 제기된 문제는 간신의 참소와 부친의 유배, 그리고 그로 인한 가문의 몰락과 가족의 이산이다. 이 문제의 원인은 간신의 참소에 있으므로, 주인공에게는 간신의 참소를 밝혀 부친의 유배를 풀고, 이를 통하여 몰락한 가문을 복구하여 이산된 가족을 재결합하여야 하는 사명이 부여된다. 주인공이 자신에게 부여된 사명을 수행하는 과정이 서사단락 37~93에 이르는 후반부다.

이러한 문제제기와 해결의 과정은 장현과 장영 형제의 행적에 따라 진행되고 있으며, 이 행적은 시간상으로 병치되어 있다. 즉, 담론구조에서 이들은 병치관계에 있는 것이다. 따라서 〈장현전〉의 담론구조를 장현, 장영 형제의 일대기에 따라 구성해 보면 다음과 같다.

장 현	장 영
1. 고귀한 신분으로 태어났다.	1. (고귀한 신분으로 태어났다.)
2. 아버지가 간신의 참소로 정배되고 가문은 몰락한다.	2. 아버지가 간신의 참소로 정배되고 가문은 몰락한다.
3. 장현은 아버지와 배소로 간다.	3. 장영은 어머니와 집에 머문다.
4. 도중에 죽을 위기를 모면한다.	4. 권자경의 흉계로 위기가 닥치자 어머니와 도망한다.
5. 절강에서 아버지와 지낸다.	5. 하북 두자사집에서 지낸다. (과거시험을 준비한다)
6. 아버지 기세 후 도사에게 도술을 배운다.	6. 과거에 급제하여 입신한다.
7. 출전하여 전공을 세워 입신한다. (동생이 포로가 되었음을 안다.)	7. 전란을 당해 출전하나 포로가 된다.
8. 위기에 처한 동생을 구하여 재회한다.	8. 형이 구해준다.
9. 간신의 원수를 갚고 가문을 복구한다.	9. 간신의 원수를 갚고 가문을 복구한다.
10. 영화를 누린다.	10. 영화를 누린다.

위에서 보는 바와 같이 장현과 장영은 1. 2.와 9. 10.의 삶을 공유하며, 3.~8.에 이르는 과정을 거쳐 각각 새로운 인물로 성장하고 있다. 즉, 장현과 장영은 각각 자신의 일대기를 형성하며, 가족이 이산―재회하는 전체 이야

기의 형성에 참여하고 있는 것이다. 이처럼 형제에게 동일한 서사적 지위를 부여하고 있다는 점이 이 작품이 갖고 있는 구성상의 특징이라 할 것이다.[7] 이러한 〈장현전〉의 서사 진행은 다음과 같은 형태로 정리할 수 있다.

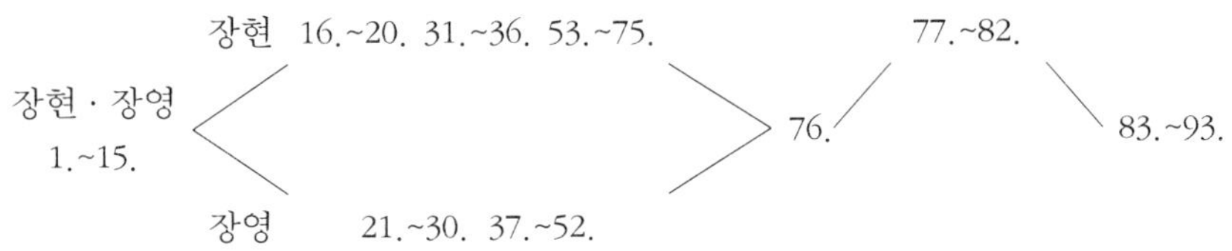

이와 같이 〈장현전〉의 구조는 주인공의 행적에서 가족 성원의 행적이 떨어졌다가 다시 합쳐지는 일반적인 영웅소설의 구조[8]와는 확연히 다른 모습이다. 일반적인 영웅소설이 사각형의 구조를 갖는다면 〈장현전〉은 육각형의 구조를 갖고 있다. 이 구조는 형제 서사 일반의 구조로 확대할 수도 있을 것이다. 또한 이러한 육각형 구조를 통해 같은 시기에 다른 공간에서 진행되고 있는 사건의 전개상을 독자 또는 청자는 입체적으로 그려볼 수 있게 된다. 이로써 작품과 독자 또는 청중간의 거리는 가까워지는 효과를 거두게 되어 독자는 작품에 몰입하게 된다.

2) 작품의 구성상의 특징

〈장현전〉은 다른 작품과 달리 서사의 구성은 그리 치밀하다고 할 수 없다. 〈장현전〉의 서사는 세 부분에서 커다란 맹점을 노출하고 있다. 그것은 첫 번째, 장지성의 전생에 대한 내용은 작품 문면에 등장하지 않고 있다는

---

7) 이러한 일군의 작품을 가족 서사 중 형제 서사로 분류할 수 있을 것이다.
8) 일반적인 영웅소설의 구조는 다음과 같이 도식화할 수 있을 것이다.

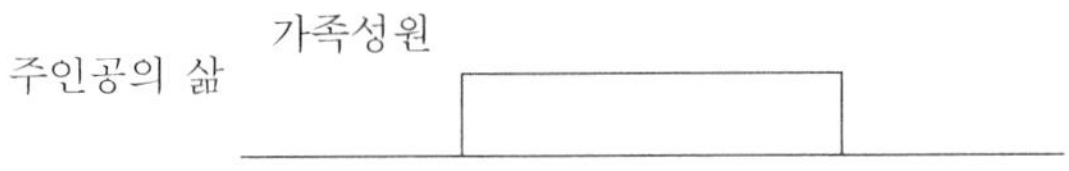

점이다. 그러나 장지성이 자신의 죽음을 알게 되는 장면에서 그는 적강선인으로 묘사되고 있다. 장지성이 자신의 죽음이 임박했으며, 그에 따라 해야 할 일을 알게 되는 장면을 보면,

> 상셔 홀연 득병ᄒᆞ야 장차 세상을 이별ᄒᆞ지라 **이날밤 쑴의 흔 션관니 날여와 일우되 군우션관 안인가 지미 엇써ᄒᆞ요** 상제 날로 명ᄒᆞ사 그ᄃᆡ을 불우신니 밧비 가스이다 ᄒᆞ고 그ᄃᆡ의 부인는 그ᄃᆡ을 이별ᄒᆞ고 불과 수일 지닉에 권적의 진위를 알고 ᄎᆞᄌᆞ 영을 다리고 ᄒᆞ복 두ᄌᆞᄉᆞ을 차자가 안돈ᄒᆞ고 그ᄃᆡ에 집은 영낭을 맛게시니 염예할 빅 안이라 ᄎᆞᄌᆞ 영은 이제 삼연 후면 몸이 빗나 집을 회복ᄒᆞ고 장ᄌᆞ 현는 현무션싱을 싸라가라 당부ᄒᆞ옵고 오날〃 원을 일우소셔 썩 느겨 가온니다 밤에 가스이다 할지음에 식벽 달기 홰을 치면 울거늘 놀나 씨달은니 몽중설화 영역헌지라 급피 주인을 불너 문왈 오날니 무슴 날이요 쥬인이 답왈 오날이 칠월 망일이로소이다 **상셔 문득 싱각ᄒᆞ되 견일 절도로 올 썩에 션관이 일우기을 칠월망일 다시보ᄌᆞ 언약ᄒᆞ엿고** 간밤 쑴이 여ᄎᆞᄒᆞ니 이제 병들어 타힝에 고혼이 될지라[9]

라고 하여, 장지성이 군우선관으로 서술되어 있다. 이에 따르면 장지성은 적강선인으로 인간세상에서의 삶을 통해 선관으로서 지은 죄를 씻고 있다고 하겠다. 일반적으로 소설작품에서 적강선인이 등장할 경우에는 그에 대한 전후 사연을 알려주는 부분이 있게 되나 이 작품에는 그러한 부분이 생략되어 있다. 그리고 장지성이 상제의 부름을 빈아 승천힘으로써 헌세에서의 장지성에 대한 서사는 끝을 맺고 있다. 아울러 이 과정에서 선관이 두 번째 현몽한 것으로 서술되어 있으나, 앞 부분에서 선관이 등장하는 삽화는 나타나지 않았다.

두 번째, 장현과 장영이 구체적인 형상없이 등장한다는 점이다. 아이가 탄생하는 장면은 다른 작품과 달리 무척 간략하게 서술되어 있다. 또한 그

---

9) 286-287쪽.

아이의 정체 역시 나타나지 않고 있다.

> 부인이 맛참 틱기잇서 십식이 차미 일기 옥동자을 탄싱ᄒ니 과연 심상
> 치 아니한지라 부인 양씨 상서을 쳥ᄒ여 뵈인ᄃᆡ 승셔 아히을 보고 왈
> 이 아히 진실노 심상치 아니하니 후일에 귀히 될지라 ᄒ고 질거하물 마지
> 못ᄒ드라10)

신이한 태몽을 꾸거나, 瑞氣가 어리는 등의 비범한 일은 나타나지 않는
다. 아이의 이름조차 지어주지 않고 있다. 장지성 부부가 늙도록 아이가
없어서 걱정한 것도 아니다. 지극히 평범하게 한 아이가 태어나고 있다.
단지 단순히 비범해 보이는 아이가 태어났음을 부부가 즐거워 할 뿐이다.
그러나 장현이 청용마를 얻기 위해 동해용왕의 시험에 통과하자 용왕은 '장
현아 인간 고락이 엇더한는요'(326쪽)라고 하여 마치 적강선인을 대하는 듯
한 어투로 장현에게 말을 하고 있다. 또한 위난을 당하여서야 장영이 작품
에 등장하고11), 장영의 운명은 피난 도중에 현몽한 선녀의 입을 통해서 알
려진다.12) 그것도 장영의 운명이 아닌 가족 성원 각각의 정해진 미래를 알
려주는 과정에서 나타난다. 이렇듯 장현과 장영은 구체적인 탄생과정과 운
명에 대한 예언 없이 작품에 등장하고 있다.

세 번째, 장지성이 정배되어 떠나며 가족과 이별할 때 그는 이미 모든
것을 알고 있는 것으로 서술된다. 즉

---

10) 259쪽.
11) 현이 죽기로써 알이되 저는 부친을 모시고 수로 말이에 ᄉ싱을 한가지로 ᄒ옵고
    자 차ᄌ 영은 모친을 모시고 향화을 ᄯᅳᆫ치 말게 하옵난거시 당연ᄒ옵거늘(266쪽)
12) 부인는 한치말으소셔 하날니 증한 일이온니 설마 엇쩌하오릿가 밧비 두ᄌᆞ슬
    ᄎᆞᄌ가옵소셔 부인의 가권는 상제을 모시고 장현는 현무셩싱이 달여갓쏜니
    염예 마옵소셔 ᄎᆞᄌ 영은 오연 후면 등과ᄒ고 칠연 후면 몸의 옥ᄃᆡ로 문호에
    빗닐거시오 십연 후면 장ᄌᆞ 현는 ᄒ복으로 만날 연이와 슴연 고싱을 다 일우고
    빅만ᄃᆡ병을 지위ᄒ여 영화로 도라올니다(281-282쪽)

　　이일은 권즈경의 춤소함이라 만일 신병이 차도 잇시면 원슈을 갑푸연

이와 수로 말이르 엇지 무사이 도라오기을 바릭이요 쏘 부인다러 일너

왈 닉 말니퇴항에 고혼이 될지라 부인은 즐어말고 아즈을 잘 길너 만세무

양 ㅎ옵소셔 닉 절강으로 간 후에 권즈경니 반다시 부인게 모하할 거시니

어려온 일이 잇거든 가스을 영낭에게 맛기고 아자을 다리고 하복 두자사

을 츠즈 가소셔 만일 그러치 안이ㅎ며 아즈도 보젼치 못하고 부인도 욕을

면치 못할인니 승가 조심ㅎ소셔 부인 이 말을 듯고 통곡 왈 상공이 쳐즈

로 더부려 니별코져ㅎ니 ㅎ복 두즈스는 상공이랑 엇쩌흔 사람이며 권자

경이 모희ㅎ는 일은 엇지 알으시ᄂ잇가 상공이 딕왈 두즈스는 동흑동스

ㅎ고 사싱동거ㅎ든 붕우라 닉의 긔별을 들으면 부인이 아니 기시도 츠즈

올거시오 만일 가시면 죽긔써 구할 거시니 그리로 차즈 가옵서셔 닉 **병부**

시랑으로 잇슬제 쳔즈 ᄂ을 사랑ㅎ시미 권자경이 묘당모는 다 나을 희코

저하려 ㅎ기로 쳥즉후 이운경니 긔별쌉기로 아나이다[13]

　　라고 하여 전후의 사정을 이미 알고 있다. 그러나 이운경이 기별하는 삽

화는 등장하지 않는다. 필사자(혹은 창작자)도 이점을 의식한 듯, 부인의

입을 통해 ‘권자경이 모희ㅎ는 일은 엇지 알으시ᄂ잇가’라는 질문을 하고

있다. 작품의 전후가 톱니바퀴와 같이 맞물리는 고전소설의 일반적인 구성

을 생각할 때 이러한 부분은 작품 구성상의 맹점이라 하겠다.

　　〈장현전〉이 갖고 있는 이와 같은 측면은 작품의 완성도를 떨어뜨리는

것으로 평가될 수 있는 요인으로 작용할 것이다. 그러나 이를 통해 〈장현

전〉이 개인적으로 읽을 목적이 아닌 다른 목적으로 만들어졌을 가능성을

추정해 볼 수 있을 것이다. 즉, 작품의 전체적인 완성도보다는 일정한 시간

동안에 청중들의 기대를 충족시키는 방향으로 작품이 구성되었을 가능성

이다.

　　우선, 이 작품은 전체 분량에서 군담이 차지하는 비중이 상당히 높게 구

성되어 있으며, 묘사 또한 세밀하게 되어 있다. 전쟁 장면은 전체 93개의

---

13) 264~265쪽.

단락 중 23개 단락(45~52, 68~82)에 걸쳐 있다. 108쪽 분량에서 29쪽 분량(306~315, 327~345)이 전쟁 장면이다. 전체의 1/4 이상의 분량을 군담이 차지하고 있는 것이다. 또한 전쟁 장면에 등장하는 인물이 9명[14]에 이르고 있으며, 이들이 서로 연쇄적으로 전쟁을 수행하며 그 과정이 자세히 묘사되고 있다.

> 명진중으로셔 절통장군 위훈을 명ᄒ여 치라ᄒᄃᆡ 영을 듯고 응성출마ᄒ여 접전ᄒᄃ니 불과 수합에 홀기 파ᄒ거늘 위훈니 크게 승세ᄒ여 쌀오며 호왈 홀기야 닷지말고 ᄌ웅을 결ᄒᄌ ᄒ고 군시을 지촉ᄒ여 쌀오ᄃ니 홀기 딕로ᄒ여 말을 두우면 딕질 왈 너 이제는 닉 손에 죽도다 ᄒ면 달여 들어 십여합에 승부 업ᄃ니 위안이 정신을 가다듬어 중창을 빗게 들고 말을 지촉ᄒ 홀기을 버히고져 ᄒᄃ니 홀기 딕로ᄒ여 위훈에 탄 말을 활노 쏘와 걱구려친니 위훈이 형세 급ᄒᆫ지라 후군장 세필이 닉달아 홀기로 더부려 쏘와 십여합에 홀기을 버히고 본진으로 도라온니 이적에 천ᄌ 양진 쏫홈을 보다가 위훈에 급하ᄆᆞᆯ 보고 크게 근심ᄒᄃ니 문득 후군장 세필이 닉달아 적중의 머리을 버히고 도라오심을 보시고 딕히ᄒ여 친이 원문밧게 나와 마지며 층찬ᄒ시ᄆᆞᆯ 마지 안이 ᄒ시드라[15]

위의 장면은 중원을 침범한 흉노와 명나라 군대가 첫 대결을 벌이는 장면이다. 인물의 명칭이며, 싸우는 모양 등이 상당히 세밀하게 묘사되어 전쟁 장면이 생생하게 전달됨을 알 수 있다. 이러한 장면 묘사는 이후의 전쟁 장면에서도 이어지고 있다. 현실감 있게 묘사된 전쟁장면은 이 부분만으로도 읽는 재미가 충분하게 하고 있는 동시에 다섯 쪽에 이르는 분량은 독자 또는 청중으로 하여금 상황의 절박함을 체현시키고 있다. 이러한 장면은 다음에 이어지는 장현의 출현을 더욱 극적으로 만드는 역할도 동시에 하고 있다. 이처럼 전쟁장면을 강화시킴으로써 독자 또는 청중들의 요구에 충실

---

14) 장현, 장영, 호왕, 흉노, 홀개, 세필, 이응백, 위한, 마갈영.
15) 308~309쪽.

하고 있다고 하겠다.

두 번째, 서간과 몽사(夢事) 등을 통해 앞으로의 서사 진행 방향을 알리거나 지금까지의 진행과정을 요약하여 제시하는 삽화가 빈번히 등장하고 있다. 서간은 권자경이 양부인을 탈취하려 함을 알리는 내용[16], 양씨가 과거보러 상경하는 장영을 통해 이운경에게 지난 사연을 알리는 내용[17], 장영이 장원급제했음을 어머니 양씨에게 알리는 내용[18], 장현 형제가 권자경을 압송하여 절강으로 가며 어머니 양씨에게 지금까지의 사연을 알리는 내

---

16) 이날밤 삼경의 셔간을 닥가 시비로 하여금 가만이 보닉고 (중략) 부인이 올히 여겨 쩌여본이 그 셔의 ㅎ여스되 청쥬후 이운경은 돈슈직비ㅎ옵고 양부인 좌ㅎ에 올니옵는이다 승상쩍 운수 불향ㅎ여 천도무심ㅎ고 상셔 말리적소의 무양ㅎ믈 발아쌉든이 일언 환란이 도시 권즈경의 모히온니 발아옵건딘 쳔금귀체을 보전ㅎ옵소셔 어제날 권즈경의 집이 가온 즉 강노 불측한 일노 부인을 히코져 ㅎ온니 부인는 밧비 집을 쩌나소셔 만일 더듸오면 강노의 욕을 면치 못할거시니 가사을 싱각지 말고 밧비 욕을 면ㅎ옵소셔 상셔 업는 쩍에 셔차을 붓치옵그는 미안ㅎ옵고 죄은 만수무셕이오나 잇쩌을 당ㅎ와 체모을 츠리고 엇지 통기치 안이 할잇가 복원 부인는 괴로우믈 싱각지 마롭시고 귀체을 안보하옵다가 쳔은을 기다리소셔 ㅎ엿드라(275~277쪽).
17) 영이 답왈 소즈는 이부상셩 장진셩에 차즈 영이로소이다 ㅎ고 모친의 셔간을 들이거늘 이후 바다보니 그 셔에 ㅎ여스되 이부상셔에 장진셩에 쳐 양씨는 돈 슈빅비ㅎ옵고 이후좌ㅎ에 올이옵난이다 이후에 은헤로 죽을 목심이 욕을 피ㅎ여 지금가지 부지하여싸오나 아즈 영을 장안에 보닉온니 권적에 두면 죽을 익을 ㅜ하여 수옵소셔 빅ᆯ난망지은을 금세에 다 갑지 못할가 ㅎᄂ이다 몸이 여즈된 티시로 구친에 사뭇친 은헤을 치하치 못ㅎ오니 타일에 ᄒ공니 돌아오시닌 치ㅎ하려ㅎ온니 여즈 돌니에 스레가 미안ㅎ기로 딕강 알이옵난이다(295~296쪽).
18) 즈스 셔간을 쥬며 왈 공즈 장원급제ㅎ여 할임으로 온다 셔간이 왓시니 부인게 밧비 들이라 흔딕 시비 츙낭이 가지고 들어와 부인게 들이며 차이을 고흔딕 부인이 딕경 왈 니 윗잔 말이야 ㅎ고 셔간을 쩌여보니 하여시되 소즈 영은 빅비ㅎ옵고 모친슬하에 올이옵나니 천은이 망극하와 금변 장원급제 ㅎ옵고 할임학스겸 이부상셔을 제수ㅎ옵신고로 천은을 축수ㅎ옵고 날여오다가 본가 셜영에 알셩ㅎ옵고 유모 영낭을 만나 그리든 회포을 다ㅎ지 못ㅎ고 모친 실하에 뵈옵기을 일각니 여ㅅ츄갓쓰온이 다시 집을 직키라 ㅎ옵고 밧비 날여가온이 부인는 진졍ㅎ옵소셔 하여드라(304쪽).

용19)과 이운경과 두자사를 청하는 내용20) 등 여섯 번 출현한다. 몽사는 양씨부인이 하북으로 피신할 때와 장현이 출정할 때, 그리고 장지성이 자신의 죽음을 알게 될 때 등장한다. 몽사와 함께 〈장현전〉에 등장하는 것이 상황의 요약제시이다. 이는 도사와 용왕, 그리고 공중으로부터의 소리를 통해 제공되고 있다. 이로써 독자 또는 청중은 서사 내용에 대한 정보를 제공받으며 작품을 즐기게 된다. 이러한 작품 정보의 요약 제시는 읽기보다는 듣기에 유용했을 것으로 생각된다. 즉 청중이 앞의 내용을 못 들었더라도 서간의 내용이나 몽사나 전언을 통해 작품의 내용을 파악하는 것이 용이했을 것이다.

이와 같이 흥미로운 삽화에 대한 세밀한 묘사와 서사의 요약 제시는 작

---

19) 어머니 양씨 부인께 드리는 서간과 하북 두자사에게 드리는 서간이 필사과정에서 일부가 결락하며 하나로 합하여져 있으나 서간의 내용으로 두 사람에게 보내고 있음을 알 수 있다. 실상은 다음과 같다.

부인이 쩨여 본이 하여스되 불효즈 현은 빅빅ᄒ옵고 모부인게 올이옵ᄂ이다 부친 모시고 갓쏩다가 불힝ᄒ여 정사 칠월 망일에 부친을 여희고 ᄒ날을 울ᄊ러 이통하다가 셩영산에 초즁을 하옵고 주야로 원수 갑기을 ᄒ날게 축수ᄒ옵다가 천의신조하ᄉ 빅옥산 현무도ᄉ을 만나 도슬을 비와 세월을 본닉든이 국가 불힝ᄒ물 듯고 북흉노 서흉으로 더부러 중국을 침범ᄒ미 쳔즈 영으로 딕도독을 삼아 쌉다가 픽ᄒ여 영이 호진으로 잡피여 갓다 ᄒ거늘 소즈 즁원에 들어가 호왕을 멸ᄒ고 권즈경을 절도로 잡아다가 간을 닉여 부친 영위젼에 제수하려 ᄒ온니 부친의 힝상을 반장할 길에 모치을 모시려 하온이 즈ᄉ는 괴로물 싱각지 말으시고 병마을 거늘여 밧비 힝하옵소셔 하여드라 (352~353)

20) 이후 딕경 왈 장원수는 뉘시며 무슴 일노 청ᄒ는요 ᄒ고 서간을 밧비 쩨여본이 ᄒ여시되 이젼 이부상셔 장지셩의 아들 장현은 돈수빅빅 ᄒ옵고 굴월을 이후 좌하의 올이옵난이다 오회통직라 딕인의 하늘갓쓰온 은혜로 모친임니 적인의게 욕을 피하여 쓰옵고 쏘한 동싱 영이 청운에 올나 벼슬이 옥당에 쳐ᄒ옵신이 엇지 딕인의 건지미 안이릿가 타일에 은혜을 다 갑지 못할가 하ᄂ이다 소즈는 부친을 모시고 히외말이에 갓쏩든이 하날이 무이 여기ᄉ 정사 칠월의 부친이 기세ᄒ신이 사고무친ᄒ 곳의 에탁이 만연하옵든이 빅옥산 현무선싱이 소즈을 불상이 여겨 다려다가 도슬을 가으치미 십연을 공부하여 호적을 멸ᄒ고 권즈경을 진즁으로 잡아왓쓰온이 복원 딕인는 괴로물 싱각지 말으시고 기다리미 업게 ᄒ옵소셔 하여드라(350~351쪽)

품전체의 균형을 잃게한다는 단점에도 불구하고 이 작품이 일정한 의도로 짜맞추어진 작품일 가능성을 제공하고 있다. 또한 그 의도는 읽기보다는 듣기가 요구하는 방향에 충실할 것이라 추정할 수 있을 것이다. 아울러 이러한 측면이 〈장현전〉의 구성이 갖고 있는 특징적인 부분이라 하겠다.

4. 형제의 행적과 그 의미

〈장현전〉은 크게 두 개의 서사로 구성되어 있다. 하나는 장현의 서사이고, 다른 하나는 장영의 서사이다. 물론 장현의 서사가 작품의 주된 갈등을 형성하고 있으며, 장영의 서사는 부차적인 기능을 하고 있다. 장현과 장영 형제가 전체의 서사를 형성하고 있다는 점에서 이 작품은 형제서사의 범주에 속한다고 할 수 있다. 그러므로 이 작품이 갖고 있는 문학적인 의의는 형제서사의 관점에서 이해해야 할 것이다. 이를 위해서 형제가 갖는 의미를 살펴보려 한다.

형제는 우리나라 뿐 아니라 세계적으로도 서사문학에 흔히 등장하는 모티프이다. 구비문학과 기록문학 전반을 통해서 형제는 상당히 많은 서사물에 출현하고 있다. 이에 대해서 여러 연구가 있어왔으며[21], 최근에는 형제 신화의 전반적인 양상을 종합한 연구[22]가 있을 정도로 심회되고 있는 상황이다. 그러나 이들 연구는 전반적으로 형제간의 갈등에 초점을 두고 진행되었다. 그 결과 형제의 갈등은 '당위적 규범으로서의 유교 윤리가 이제 더 이상의 설득력을 지닐 수 없게 된'[23] 것을 의미하고, '실생활에서 지켜야

---

21) 이에 대해서는 곽정식, 「한국설화에 나타난 형제 간 갈등의 양상과 그 의미」, 『문화전통논집』 4, 경성대학교 향토문화연구소, 1996., 조춘호, 「고소설에 나타난 형제간의 갈등양상과 의미」, 『국어교육연구』 18, 경북대학교 국어교육연구회, 1986. 등의 연구가 대표적이라 할 것이다.
22) 신수민, 「형제설화의 유형과 의미」, 『국어교육연구』 16, 광주교육대학교 초등국어교육학회, 2004.

한다고 강조되는 당위 규범은 기실 지켜지기가 어렵기 때문에 더욱 강조된
다는 역설적 논리가 작품의 실상에 반영'[24]된 것이라고 하였다. 그러나 형
제의 관계가 이렇듯 분쟁을 주로 형성하고 있는 반면에는 분쟁이 발생하지
않은 채 형제간의 질서가 준수, 유지되는 관계 역시 존재하고 있다. 〈장현
전〉과 〈목시룡전〉의 경우가 바로 그러하다. 이 두 작품은 형제가 주인공이
라는 점 외에 각각 문관과 무관으로서 입신하고 있다는 공통점이 있다. 두
작품에 나타나는 형제의 행적을 중심으로 그 의미를 살펴보기로 한다.

〈장현전〉의 장영과 〈목시룡전〉의 시룡형제는 문관으로 입신한다. 그런
데, 〈목시룡전〉의 경우에 동생인 시호가 선영을 모시기 위해 사직하고 낙
향하므로, 문관으로 입신하는 것은 형인 시룡으로 봐야 할 것이다. 장영과
시룡은 모두 가문이 몰락한 상태에서 각각 하북 두자사와 윤시랑의 도움으
로 과거에 급제하여 입신하고 있다. 두자사와 윤시랑은 장영과 시룡의 양육
자라고 할 것이다.

두 작품에서 문관으로 입신하게 되는 인물은 모두 그 입신과정이 간략하
며 입신한 후에는 적대자로 인해 위기에 처하게 된다. 즉 이들은 모두 양육
자 또는 조력자를 만나기 전까지 생명의 위협을 느낄 정도로 곤란한 상태가
되나, 조력자를 만남과 동시에 이러한 상태는 해소된다. 〈장현전〉의 장영
은 권자경의 흉계를 피해 어머니와 함께 준령을 넘어 하북으로 피신해야
하는 처지이고, 〈목시룡전〉의 시룡형제는 부모 구몰 후 가산이 소진되어
'양식을 비러다가 게우 안명'해야 하는 처지이다. 이들의 신분이 몰락하는
것은 유년기의 일이다. 이 상태로 청소년기에 이르기까지 과거를 준비하며
지낸다. 〈장현전〉에는 장영이 학업에 힘쓰는 내용이 나타나지 않으나, 〈목
시룡전〉에는 다음과 같이 나타난다.

---

23) 곽정식, 위의 글, 33쪽.
24) 조춘호, 앞의 글, 22쪽.

일일은 시룡이 시호다려 일로딕 사람이 궁곤흐여도 청운의 뜻슬 일치
말나 흐여씨이 엇지 명가집 자손으로서 학업을 전폐흐리요 빅이사지흐
여도 빌기난 참아 못할거시니 학업을 심쎠 주경안독을 지성으로 흐면 궁
곤을 면흘듯흐니 너난 쇠견이 웃쪄흐난요 시호 되왈 형님 말삼이 지당흐
도소이다 흐고 자차 일후로난 빌기을 안이흐고 나지면 밧갈기와 밤이면
글을 일그나 본딕 금옥식의 자라난 사람이라 싱일럴 엇지 잘흐리요 그
견딕지 못흐난 견상은 약흔 말계 무거운 짐을 실고 원힝함 갓쩌라[25]

이 과정에 이어지는 이들의 과거 장면은 모두 한 쪽 내외의 분량으로
과장 묘사나 시제(詩題) 등이 생략된 채 다음과 같이 간략하게 서술되고
있다.

과일 당흐미 시룡형제 장중의 드려가 글졔를 보이 평싱 익키던 바라
일필휘지흐여 션장의 밧치니 상이 보시고 칭찬 왈 이 글을 본이 충효을
겸전흐고 문필은 왕희지 소동파라도 당치 못흐리로다 흐시며 실늬을 부
르신이 시룡형제 국궁흐여 계하의 복지흐거날[26]

즉일 이후 조희에 영들어 일우되 황제 알셩을 뵈와 천흐인직 구흐려흐
고 명일 되명전에 전좌흐고 할거시니 너도 장중에 들어가 즉시 글을 지여
밧치라 흐고 명지을 준비흐여 주거늘 영니 노즈로 더부려 장중에 들어가
직시 글을 지여 바치고 돌아왓든니 이후 왈 글을 지여 밧첫는다 영이
납왈 글을 시여 밧치여스나 엇시 창방흐기을 발아잇가 이후 하인을 보늬
여 되빙흐드라 잇쩌에 천자 영으 글을 보시고 되경층찬 왈 이 글을 본니
사기 절묘한니 필변니 비층흐니 이두을 비견한니 반다시 층효을 겸전흔
사람이라 흐고 천자 친니 층방흔이 하남 장지셩에 츠즈 영이요 연이 십육
셰라 하여거늘 천자 층찬흐시고 실늬을 청흐거늘 이후되 흐인이 도라와
이후게 고왈 딕에 오신 공즈 장원급제흐와 실늬을 직촉흐ᄂ이다 쌀이 가
옵소셔 흐거늘[27]

---

25) 〈목시룡전〉, 김기동, 『필사본 고소설전집』 14, 아세아문화사, 1982, 299~300쪽.
   이하 작품명과 쪽수만 표기.
26) 〈목시룡전〉, 306~307쪽.

이러한 과정을 거쳐 이전의 곤궁한 처지에서 일순간 신분이 상승하는 변화가 일어나고 있다. 이로써 장영과 시룡 형제는 모두 문관으로서 입신하여 존귀한 인물이 된다. 이로써 자신들의 능력으로 가문을 재건할 수 있는 객관적 조건을 마련한다. 그런데, 두 작품 모두 문관으로 관직에 진출한 형제는 다시 죽을 위기에 처하게 된다. 〈장현전〉에서는 외적의 침입과 간신의 奸計 때문이고, 〈목시룡전〉에서는 간신의 참소 때문이다.

> 할임이 슈유흔 날이 다々우미 즁안으로 올나가고져 흐드라 잇썬에 울남 절도사에 장문이 올나왓스되 호왕니 북흉노와 셔쳔을 거늘여 듸병을 몰아 양졍을 쳐 웅거흐여다 흐니 밧비 듸병을 조발흐여 막으소셔 흐여거늘 천즈 보시고 듸경흐스 즉시 졔신을 모으스 이논하실시 니졔 흉노 함역흐여 즁국을 침범흐니 그 형세 적지 안이 한지라 밧비 군마을 총독하여 막으라 흐고 각쳐 수문장을 모으라 흐신듸 권강노 출반주왈 할임학스 장영이 문무겸젼흐온이 도총독을 증하여 도적을 막으소셔 한이 천즈 갈아스듸 즁영이 연소하여 병법을 아지 못할가 하노라 강노 소왈 영이 비록 연소흐나 밧비 군병을 일우어 보늬옵소셔 한듸 천즈 적세 급하시물 근심흐스 즁영으로 도독을 봉하고 졔장을 각々 소임을 증흐고 천즈 친이 군스을 거늘여 접젼할여 갈 시 (중략) 어언지간에 호왕이 군스을 거날여 즁원을 쳐드려가고 흉노는 듸병을 거날여 젼면을 쳐 그려온니 제장이 만분 위틱흔지라 듸도독 장영으로 진을 직키고 적장을 막든니 호왕이 흉노로 함역흐여 크게 엄살흐니 즁영이 심을 다흐여 막든니 당치 못하여 다 도망흐니 즁영은 빅면서싱이라 흉노의게 사로 잡핀지라[28]

> 엄흥은 본듸 소인놈으로셔 이왕의 목승상과 빈탄간이라 그런고로 할님을 희코져흐여 천자계 획주흐되 식녹지신이 되여 갈충보국흐는 것시 신자의 도리을 일슴거날 년소흔 목시룡은 국법지즁흔 줄을 모로고 듸신을 능욕흐고 쏘흔 과젼 일만 오천양을 투식흐옵고 궁여을 통간흐여싸오니 긔국망상지죄는 만사무셕이로소이다 천즈 질노흐사 금부의 나리와

---

27) 〈장현전〉, 297~298쪽.
28) 〈장현전〉, 306~307쪽, 313~314쪽..

> 죽기려 ᄒ시든이 맛참 구ᄒᄂ 신ᄒ 잇써 죽이지 않이ᄒ고 구쥬 칠천삼빅
> 이 빅긔으로 원찬ᄒ여 영불셔용ᄒ계ᄒ고 이날 금과으로 길을 써나기을
> 지촉ᄒ이 할님이 모중의 일런 환을 당ᄒ여신이 엇찌 통분치 안이할이
> 요[29]

이처럼 죽을 위기에 처한 형제를 구하는 것은 문관의 길을 걷지 않은 형제이다. 〈장현전〉에서의 장현은 아버지와 함께 적소로 출발하며 장영과 다른 길을 걷게 되었고, 〈목시룡전〉에서의 시호는 선영봉사를 위해 사임하여 시룡과는 다른 삶을 살게 된다. 이때 형제가 이별하게 되는 표면적인 이유는 先塋奉祀이다. 그런데, 조상을 섬겨 가문의 영속성을 나타내는 선영봉사를 〈장현전〉과 〈목시룡전〉 모두 장남이 아닌 차남에게 맡기고 있다.

> 현이 죽기로써 알이되 저는 부친을 모시고 수로 말이에 ᄉ싱을 한가지
> 로 ᄒᆞ옵고자 차즈 영은 모친을 모시고 향화을 ᄭᆞ치 말게 하옵난거시 당연
> ᄒᆞ옵거늘 엇지 수로 말이의 비돗듸만 에지ᄒ여 션중으로 가올잇가 ᄒᆞ며
> 향장을 차리거늘 상셔 현에 기상이 전과 다름을 보고 수상이 여겨 달니가
> 물 청한듸[30]

> 일일른 시호 할림쎄 엿짜오듸 국지소임이 지중ᄒ와 진퇴을 임으로 못
> ᄒᆞ옵고 ᄯᅩ흔 순쳔부난 부모지양이라 엇지 비별ᄒᆞ오릿가 우리 형제 국ᄊᆞ
> 의 분주ᄒᆞ외 션영셩모를 셔셩으로 못ᄒᆞ오니 젼시간 불효시죄을 면치 못
> ᄒᆞ올지라 형님은 충셩으로 국ᄊᆞ를 도으시면 사졔나 맛당이 벼살을 ᄒᆞ직
> ᄒᆞ고 형수와 안희를 고향으로 신힝ᄒᆞ와 션산의 수호ᄒᆞ고 감효을 뫼심이
> 오을쯧 ᄒᆞ여이다 할임이 듸왈 네 마리 올타[31]

차남인 장영과 목시호가 선영봉사를 맡는 장면에는 장자인 장현과 목시룡의 위기가 닥치는 장면이 이어진다. 이로 본다면, 차남에게 선영봉사를

---

29) 〈목시룡전〉, 312~313쪽.
30) 266~267쪽.
31) 〈목시룡전〉, 309~310쪽.

맡기는 것은 장자 유고시 가문의 전통이 차자에게 전해지는 것을 염두에
둔 설정으로 보여진다. 즉, 장자인 장현과 목시룡에게 조상의 위패를 전하
지 않음으로써 장자의 유고에 대비하여 가문의 영속을 보장하려는 의식의
산물인 것이다.

한편 장영과 시호는 모두 현실세계와 분리된 '빅운산'과 '봉뇌산'으로 가
게 되며, 그곳에서 무술과 도술을 연마하게 된다.

> 노인니 왈 기특ᄒ다 현아 나을 ᄯᆞ라가셔 도을 비와 부친이 원슈을 갑
> 고 영화로 고향에 도라가 모친을 위로하라 한ᄃᆡ 장현이 양구에 듯다가
> 부친의 유언을 싱각ᄒ고 ᄃᆡ왈 소ᄌᆞ ᄒᆡ남 양슨ᄒ여 입씁다가 붕힝하여 부
> 친을 이곳셔 여히고 즉귀여 고혼을 위로코져 ᄒᆞ옵ᄂᆞ니 ᄃᆡ인는 어ᄃᆡ이시
> 며 존호을 뉘라 하시는잇가 흔ᄃᆡ 노인니 왈 난는 빅운산에 잇는 션싱이라
> 너을 위ᄒᆞ여 나와시니 잔말ᄉᆞ고 한가지로 힝ᄒᆞ자 ᄒᆞ니 장현이 일어 ᄌᆡ비
> 왈 소ᄌᆞ는 진세범인이라 엇지 션싱을 알이요 부친 빅무 지하여 가게시니
> 일편단신에 밋친 원을 풀지 못하옵고 세상을 이별하여ᄶᅡ오나 이제 ᄃᆡ인
> 이 달여다가 도술을 가우쳐 부친에 원수을 갑고 ᄉᆞ힝에 도라가 ᄌᆞ친을
> 다시 보라ᄒᆞ신니 수화 중인들 엇지 ᄉᆞ양ᄒᆞ올잇가 ᄒᆞ고 노자 충낭을 불너
> 왈 너는 부친에 영제을 모시고 나 도라오기을 기다려 한가지로 부친에
> 고혼을 모시고 도라가 모친을 위로ᄒᆞ고 권ᄌᆞ경의 간을 ᄂᆡ여 부친 신위젼
> 에 제ᄉᆞ하여 죄을 만분지일이나 면ᄒᆞ가 하노라 너는 충호을 다ᄒᆞ여 나
> 도라오기을 기달이라 나는 도인을 ᄯᆞ라가 도술을 비와 공을 일울 거시니
> 너는 영제을 즉키라 ᄒᆞ고 영제 젼 나가 통곡하즉허고 노복을 이별할 ᄉᆡ
> (증략) 장현니 도실을 빈온지 십여연이라[32]

> 시호 처자게 하직ᄒᆞ고 즉씨 ᄂᆡ힝을 모시어 고향으로 도라와 선영 수호
> 를 극진이 ᄒᆞ고 제가지도를 엄숙키 ᄒᆞ며 문무를 겸전할 ᄯᅳᆺ스로 손호병셔
> 을 일그이 본ᄃᆡ 직조가 명민ᄒᆞ고로 육ᄯᅩ삼늑과 풍운지조화지술을 무불
> 통지ᄒᆞ더라 (중략) 도식 ᄃᆡ왈 쳔긔을 읏지 누설ᄒᆞ리요 칠연 후면 알거시
> 니 ᄂᆡ게잇셔 용병지슐을 비오고 잇ᄃᆞ가 셰승의 가셔 공명을 일치말나 시

---

32) 〈장현전〉, 292~293쪽, 315쪽.

호 딕왈 션싱게옵 이럿툿 분부ᄒ옵시니 웃지 존명을 거역ᄒ오릿가 ᄒ고
이날부텀 용금지술과 장신지법을 빅우니 시호ᄂᆞᆫ 본딕 직조총명ᄒᆞᆫ 스람
이라 웃지 능통치 못ᄒ리요33)

이들의 수련은 모두 천정에 의한 것으로 설정되어 있으며, 앞으로 닥칠 국가의 전란에 대비시키는 목적으로 수련이 행해지고 있다. 이 과정을 통해 장현과 시호는 초인적인 능력을 보유한 武將으로 변신하고 있다.

여기서 장현과 시호, 장영과 시룡의 차이가 발생하고 있다. 즉, 장영과 시룡은 모두 문관으로 입신하여 충성을 다하였으나, 외부로부터의 시련을 극복하지 못하고 위기에 처하는 모습을 보이고 있다. 그러나 장현과 시호는 武將이 됨으로써, 장영과 시룡을 위기에 빠뜨리게 한 원인을 제거하고 형제 상봉을 이루게 하고 있다. 장남과 차남이라는 설정을 넘어서 이들은 뚜렷하게 각각의 형제에 대한 우월한 능력을 보여주고 있다. 이러한 설정은 두 가지 의미로 해석할 수 있을 것이다. 우선 문관에 대한 무관의 우위를 보임으로써, 전란이라는 국가적 위기를 해결할 능력이 없는 문관에 대한 비판의식이다. 〈장현전〉에서 '중영은 빅면서싱이라 흉노의게 사로 잡핀지라'라는 표현은 이를 잘 보여주고 있다. 文弱함이 가져오는 결과를 직접적으로 보이고 있는 것이다. 이에 비해 〈목시룡전〉에서 시호가 보이는 태도는 비판을 넘어선 대안의 제시라고 하겠다. 즉, '계가지도를 엄숙키 ᄒ며 문무를 겸젼한 뜻스로 손호병셔을 일그이'라는 표현을 통해 이상적인 상태인 문무겸젼을 제시하고 있는 것이다.

두 번째, 장자와 차자의 구별이 모호해지고 있다는 것이다. 즉, 사회적으로 권위를 인정받던 장자가 〈목시룡전〉에서는 차자보다 열등한 능력을 소유하는 인물로 설정되어 있다. 〈장현전〉에서 보이는 도식적 형제관계가 역전되어 있는 것이다. 이러한 관계는 위에서 논의한 첫 번째 의미와의 연장

---

33) 〈목시룡전〉, 311쪽, 332~333쪽.

선상에 있는 것으로 생각할 수 있을 것이다. 즉, 기존의 서열제도보다는 능력에 따른 새로운 관계의 설정이 요구되는 시대정신의 반영이 이러한 관계의 설정을 가능하게 한 것이다. 이로써 본다면 〈장현전〉과 〈목시룡전〉에서 무술수련 삽화는 새로운 시대정신의 요구에 따른 것이라는 의미로 해석할 수 있을 것이다. 그러나 이러한 시대정신이라고 하여도 〈목시룡전〉에 나오는 바와 같이 齊家之道로 상징되는 文業을 중심에 두고 있음은 물론이라 하겠다.

한편 장현과 장영, 목시룡과 목시호는 문관－무관이라는 차이를 갖고 있음에도 불구하고 동일한 지향점을 갖는 존재이다. 즉, '충효'라는 규범을 체현하는 존재라는 점이다. 또한 이들이 자신의 충심을 드러냄은 부모에 대한 도리를 다하는 효를 실천하기 위한 것이다. 따라서 이들은 효를 동인으로 하여 충으로 확장되는 유교이념을 현현하는 인물이라고 할 수 있다. 다만 장현과 시호는 무관으로서, 장영과 시룡은 문관으로서 그러하다는 차이를 보일 뿐이다. 이때, 문과 무가 대립적 개념이 아닌 상보적 관계라는 점과, 문무가 결합할 때 완전한 자질이 성립된다는 점을 상기하면 이들은 각각 독립적으로 볼 수 없게 된다. 고전소설의 주인공은 일반적으로 어버이에 대하여는 효자이고, 임금과 나라에 대해서는 충신이거나 그러한 속성이 있는 인물34)이므로, 이 둘은 이상적인 인물이 갖고 있는 두 개의 다른 측면이 각각 형상화된 것이라 할 수 있다. 이렇게 본다면 장영과 장현은 한 인물에 내재하는 두 개의 자질을 대표하는 인물이라 할 수 있으므로, 이들은 쌍둥이와 같은 인물이라 할 수 있을 것이다. 그러므로 '형제'로 설정된 인물이 기실은 한 인물의 서로 다른 측면이라 하겠다.

---

34) 황패강, 『조선왕조소설연구』, 단대출판부, 1981, 126쪽.

5. 결 론

  본고는 형제서사 중 대립하는 형제서사와 반대편에 서 있는 우애로운 형제서사에 담겨있는 의미를 파악하고자 하였다. 우애로운 형제가 등장하는 서사는 다수의 민담과 소설작품이 있으나, 본고에서는 소설작품 중 〈장현전〉과 〈목시룡전〉을 중심으로 살펴보았다. 물론, 앞으로 더 많은 작품을 검토하면 다른 작품들을 찾을 수도 있을 것이나, 현재까지는 이들 두 작품만을 찾을 수 있었다. 그 중에서 〈장현전〉의 경우에는 아직 학계의 연구가 미진한 작품이기에 작품론적인 검토를 먼저 행하였다. 그 결과 〈장현전〉이 주인공의 행적에서 가족 성원의 행적이 떨어졌다가 다시 합쳐지는 일반적인 영웅소설의 구조와는 확연히 다른 구조로 되어 있음을 알았다. 일반적인 영웅소설이 사각형의 구조로 이뤄진데 비해 〈장현전〉은 육각형의 구조를 갖고 있다. 이 구조는 형제 서사 일반의 구조로 확대할 수도 있을 것이다. 또한 이러한 육각형 구조를 통해 같은 시기에 다른 공간에서 진행되고 있는 사건의 전개상을 독자 또는 청자는 입체적으로 그려볼 수 있어, 작품과 독자 또는 청중간의 거리는 가까워지는 효과를 거두게 되어 독자는 작품에 몰입하게 된다. 또한 〈장현전〉은 전체적인 내용전개에 있어서 흥미로운 삽화에 대한 세밀한 묘사와 서사의 요약 제시가 빈번함은 작품전체의 균형을 잃게한다고 하겠다. 그럼에도 불구하고 이러한 구성은 이 작품이 일정한 의도로 짜맞추어진 작품일 가능성을 제공하고 있으며, 그 의도는 읽기보다는 듣기가 요구하는 방향에 충실할 것이라 추정할 수 있을 것이다.

  〈장현전〉의 형제와 〈목시룡전〉의 형제는 유사한 삶의 행적을 보여주고 있다. 이들은 문관으로 나아가는 형제(장현과 목시호)와 무관이 되는 형제(장영과 목시룡)로 짝지을 수 있는데, 헤어졌던 형제는 문관이 되는 아우가 무관이 된 형에 의해 구출을 받거나, 무관이 된 아우의 노력을 통해 재회가 이뤄진다. 〈장현전〉은 전통적인 형제관계가 유지되나, 〈목시룡전〉의 경우에는 전통적인 형제관계가 역전되어 있다. 그러나 두 작품 모두 차자에게 선영봉사가 주어진다는 점에서는 공통된 의식, 즉 어떠한 경우에도 가문의 영속성을 확보해야 한다는 의식을 반영하고 있다고 하겠다. 또한 문관과 무관이라는 차이를 넘어, 이들의 행적은 모두 효도를 실천하기 위한 충성의 실천이라는 점에서 동일한 의식의 지향점을 찾을 수 있다. 즉, 효에서 충으로의 확대를 꾀하는 유가적 원리에 충실한 인물이 이들 형제라는 점이다. 이들은 동시에 문무겸전이라는 이상적인 상태에 대한 의인화된 존재로 해석될 수 있으므로, 쌍둥이와 같은 인물이라 하겠다. 즉, 한 인물에게 요구되는 두 가지 상반된 자질이 각각 형상화된 것이 우애로운 형제라 할 것이다.

참고문헌

〈장현전〉, 김광순 所藏 『필사본 한국고소설전집』 제37권, 경인문화사, 1993.

〈목시룡전〉, 김기동, 『필사본 고소설전집』 14, 아세아문화사, 1982.

곽정식, 「한국설화에 나타난 형제 간 갈등의 양상과 그 의미」, 『문화전통논집』 4, 경성대학교 향토문화연구소, 1996.

권명아, 『가족이야기는 어떻게 만들어지는가』, 책세상, 2000.

김근태, 「〈목시룡전〉 형성의 두 가지 바탕」, 『논문집』 28집, 숭실대학교, 1998.

신수민, 「형제설화의 유형과 의미」, 『국어교육연구』 16, 광주교대 초등국어교육학회, 2004.

이순우, 「睦始龍傳 연구」, 『한국고전연구』 4, 한국고전연구학회. 1998.

장유림, 「목시룡전 연구」, 한국교원대 교육대학원 석사논문, 2002.

조춘호, 「고소설에 나타난 형제간의 갈등양상과 의미」, 『국어교육연구』 18, 경북대학교 국어교육연구회, 1986.

조춘호, 「목시룡전 연구」, 『어문학』 58집, 한국어문학회, 1996.

황패강, 『조선왕조소설연구』, 단대출판부, 1981.

1쪽

장현전 권지상이라

각설 잇썩에 딕명 성화 연간1)에 한 사람이 이시되, 성은 장이요 명은 지성이라. 딕딕 명문귀족으로 소연등과2)ㅎ여 문호에 영화 빗나고, 명망3)이 사히에 진동하니 조정 빅관4)이 엇지 아니 칭찬ㅎ리요. 이썩에 니부상셔5)의 쌀 양씨로 취처6)ㅎ여 긍낙한니,7) 문호의 더옥 영귀8)로 세월을 보닉드나. 부인이 맛참 틱기잇서 십삭이 차믹 일기 옥동자을 탄싱ㅎ니, 과연 심상치 아니한지라. 부인 양씨 상서을 청ㅎ여 뵈인되, 숭서 아히을 보고 왈,

"이 아히 진실노 심상치 아니하니 후일에 귀히 될지라."

ㅎ고, 질거하물 마지 못ㅎ드라.

초설 쳔즈 장상서에 귀즈 탄싱ㅎ물 듯고 명픽9)ㅎ여 상서을 부르시거늘, 상서 직시 궐닉의 드러가 복지ㅎ온되, 쳔즈

2쪽

가라스되

"짐이 경을 픽문10)하문 다름 아니라. 경이 귀자을 탄싱하엿짠 말을 듯고

※ 김광순 所藏 『필사본 한국고소설전집』 37권, 경인문화사, 1993. 수록본을 저본으로 하였다.

1) 성화년간(成化年間). 1465년－1487년까지 사용된 중국 명나라 헌종 때의 年號.
2) 소년등과(少年登科). 예전에, 젊은 나이에 과거에 급제하던 일.
3) 명망(名望). 명성(名聲)과 인망(人望)을 아울러 이르는 말.
4) 백관(百官). 모든 벼슬아치.
5) 이부상서(吏部尙書). 중국에서, 이부(吏部)의 으뜸 벼슬.
6) 취처(娶妻). 장가를 들어 아내를 얻음.
7) 극락(極樂). 더없이 안락해서 아무 걱정이 없는 경우와 처지. 또는 그런 장소.
8) 영귀(榮貴). 지체가 높고 귀함.
9) 命牌. 조선 시대에, 임금이 삼품 이상의 벼슬아치를 부를 때 보내던 나무패. '命' 자를 쓰고 붉은 칠을 한 것으로, 여기에 부르는 벼슬아치의 이름을 써서 돌렸다.
10) 패문(牌文). 중국에서 조선에 칙사(勅使)를 파견할 때, 칙사(勅使)의 파견 목적

청흐여시니 잘 길너 짐의 고링지신[11]이 되겨하라.”

흐신딕, 상서 복지수은흐고 물너 나오니, 위염이 조정에 엄숙하니, 입조제신[12]으로 더부러 층찬 왈,

　“장상셔 지셩은 보국충신[13]이요 짐에 고굉지신[14]니라.”

흐시드라. 잇쩌에 권강노[15] 자경이 입조흐엿짜가 천즈 장상셔을 사랑하심을 보고 마음에 시기하여, 상셔을 희코져 흐되, 쯧질 엇지 못흐여 하드라. 장상셔야 엇지 일은[16] 흉겨[17]을 알이요. 갈충진심[18]하여 천즈을 지셩으로 셩긔드라.

　각셜 천즈 만조제신[19]을 모와 황틱후을 위로하실식, 딕연 비셜흐고 빅관으로 질기시다가, 장상셔의 불참하시물 무르신딕, 권즈경이 장숭셔 히흐은 쯧으로 상소하믹, 천즈 노하사 사획할 식

　“중시셩으[20] 보

　　과 일정 등 칙사와 관련된 제반 사항을 기록하여 사전에 보내던 통지문(通知文). 여기서는 ‘패초’(牌招. 조선 시대에, 임금이 승지를 시켜 신하를 부르던 일)의 의미로 사용.

11) 고굉지신(股肱之臣). 다리와 팔 같이 중요한 신하라는 뜻으로, 임금이 가장 신임하는 신하를 이르는 말.

12) 입조제신(入朝諸臣). 조정의 조회에 들어온 모든 신하

13) 보국충신(輔國忠臣). 충성을 다하여 나랏일을 돕는 신하.

14) 고굉지신(股肱之臣). 다리와 팔 같이 중요한 신하라는 뜻으로, 임금이 가장 신임하는 신하를 이르는 말.

15) 각로(閣老). 중국 명나라 때에, ‘재상(宰相)’을 이르던 말.

16) 이러한.

17) 흉계(凶計). 흉악한 계략.

18) 갈충진심(竭忠盡心). 충성을 다하고 마음을 다하여.

19) 만조제신(滿朝諸臣). 만조백관(滿朝百官). 조정의 모든 벼슬아치.

20) 장지셩은.

3쪽

　　국충신21)이라. 무단이22) 춤에23) 치 아니허리요.“

하시고,

　　“사관24)을 명ㅎ여 탐문25)하라.”

하신딕, 권강노 봉명26)ㅎ고 공부27) 즁셜영을 보닉여

　　“장지셩의 집에 가 문병28)ㅎ여오라.”

흔딕, 사관은 권강노 막하29) 신복인30)이릭. 상셔젹에 가 본 직 병셰 즁한지

라. 와 강노겨 그딕로 고ㅎ니, 강노 왈

　　“여차여차니 탑젼31) 고하라.”

흔딕, 스관이 마지못ㅎ여 그딕로 황제겨 주달32)ㅎ되,

　　“즁상셔 신병이ᄂ 딕단치 안이하드니라.”

알인딕, 천자 드르시고 다시 뭇고져 할 지음의, 권강노 제장을 모화 자로

상소33)하여 왈,

　　“폐ㅎ게옵서 장지셩을 사랑 하시민 위염이 잇쌉고, 문호한 직상이 되여

---

21) 보국충신(輔國忠臣). 충성을 다하여 나랏일을 돕는 충성된 신하.
22) 무단(無斷). 사전에 허락이 없음. 또는 사유를 말함이 없음.
23) 참예(參預). 참여(參與).
24) 사관(査官). 검사하는 일을 맡아보던 벼슬아치.
25) 탐문(探問). 알려지지 않은 사실이나 소식 따위를 알아내기 위하여 더듬어 찾아
　　　물음.
26) 봉명(奉命). 임금이나 윗사람의 명령을 받듦.
27) 공부(工部). 공부상서(工部尙書). 중국에서, 공부(工部)의 으뜸 벼슬.
28) 문병(問病). 앓는 사람을 찾아가 위로함.
29) 막하(幕下). 지휘관이나 책임자가 거느리는 사람. 또는 그런 지위.
30) 신복인(信服人). 믿고 복종하는 사람.
31) 탑전(榻前). 왕의 자리 앞.
32) 주달(奏達). 임금에게 아뢰던 일.
33) 상소(上疏). 임금에게 글을 올리던 일. 또는 그 글. 주로 간관(諫官)이나 삼관(三
　　　館)의 관원이 임금에게 정사(政事)를 간하기 위하여 올림.

제 중한 몸만을 ᄉᆡᆼ각ᄒᆞ고 쳐우을 ᄇᆡ반한이, 이런 반신[34]을 국법을 시힝치 아니ᄒᆞ오면 일후에 쏀바들 ᄌᆡ 만싸오니, 페ᄒᆞ은 널이 ᄉᆡᆼ각ᄒᆞ옵소셔. 장지셩으로

4쪽

즉일에 (정)[35]ᄇᆡ[36]ᄒᆞ옵소셔."

ᄒᆞ엿거ᄂᆞᆯ 천ᄌᆞ 보시고 츄원[37] 탄 왈,

"장지성 충성으로 제신에 소게에 들지 못ᄒᆞ니 엇지 ᄋᆡ연[38]치 안이하리요"

ᄒᆞ시고, 율관[39]을 명ᄒᆞ여

"ᄇᆡ소[40]을 증하라"

ᄒᆞ신ᄃᆡ, 권강노 율관을 지기여,

"절강 절도[41]로 션찬ᄒᆞ라"

ᄒᆞ니, 율관이 탑전에 드러가

"절강을 증ᄒᆞ여난이다."

ᄒᆞᆫᄃᆡ 공부도ᄉᆞ을 명ᄒᆞ여 납송[42]하니라.

잇ᄯᆡ예 권강노 절강 사공을 불너 왈, 천금을 주며 왈,

"장상셔 절강으로 가거든, ᄇᆡ을 강변에 ᄃᆡ엿싸가 ᄌᆞᆼ상셔을 타이고, 창파

---

34) 반신(叛臣). 임금을 반역하거나 모반을 꾀한 신하.

35) (　)안은 필사 과정에서 빠진 것으로 생각되는 글자임. 이하 같음.

36) 정배(定配). 죄인을 지방이나 섬으로 보내 정해진 기간 동안 그 지역 내에서 감시를 받으며 생활하게 하던 형벌.

37) 추연(惆然). 처량하고 슬픔.

38) 애연(哀然). 슬픈 듯하다.

39) 율관(律官). 과거의 율과(律科)에 급제하여 임명된 벼슬아치.

40) 배소(配所). 귀양지.

41) 절도(絶島). 절해고도(絶海孤島). 육지에서 아주 멀리 떨어져 있는 외딴섬.

42) 나송(拿送). 죄인을 잡아서 보냄.

중유[43]호여 절강 중노에셔 죽이고, 절강 만호[44]의겨 파션[45]한 양으로 알이면, 천주의게 그딕로 주달[46]할 거시니, 닉영을 거역지 말고 은말니 통긔[47]하라."

흔딕, 사공 등이 영 듯고 불너가자, 빅을 강변에 딕이고 상서 일향을 긔다라든이, 고즁 널근[48] 사공이 왈,

"이제 권강노의 영

5쪽

니 지엄[49]호고, 천금으로 쳔금 우라게 상급[50]하여스니, 각각 노나 가지면 엇더혼요?"

ᄉ공 등이 흥낙호고 노나 가지고 빅을 강변의 딕후[51]하여드라.

각설 장상셔에 병이 점점 츠도이셔[52] 천주게 고흐던이, 문득 하인이 알외되

"문박게 금부도ᄉ[53] 어명으로 왓나이다."

흐거늘, 상서 딕경호여 밧비 천지도지[54]호여 나간이, 도ᄉ 어명으로 일으

---

43) 창파중류(滄波中流). 넓고 큰 바다의 맑고 푸른 물결의 중간 부분.
44) 만호(萬戶). 조선 시대에, 각 도(道)의 여러 진(鎭)에 배치한 종사품의 무관 벼슬.
45) 파션(破船). 풍파를 만나거나 암초 따위의 상애물에 무딪쳐 배가 파괴됨. 또는 그 배.
46) 주달(奏達). 임금에게 아뢰던 일.
47) 통기(通寄). 통지(通知). 기별을 보내어 알게 함.
48) 그 중에서 늙은.
49) 지엄(至嚴). 매우 엄함.
50) 상급(賞給). 상으로 줌. 또는 그런 돈이나 물건.
51) 대후(待候). 사후(伺候). 웃어른의 분부를 기다리는 일.
52) 차도가 있어서. 차도(差度). 병이 조금씩 나아가는 정도.
53) 금부도사(禁府都事). 조선 시대에, 의금부에 속하여 임금의 특명에 따라 중한 죄인을 신문(訊問)하는 일을 맡아보던 종오품 벼슬.
54) 전지도지(顚之倒之). 엎드러지고 곱드러지며 몹시 급히 달아나는 모양.

되,

　"상셔 황틔후 듸연의 참예치 안이한 죄로 절강에 적소을 증하엿나니다."

흐고,

　"촉픠지엄55)흐니 밧비 힝장56)을 차리고셔."

흐거늘, 상셔 낙누하여 안으로 드러가 쳐 양씨으로 더부러 통곡 왈,

　"슬푸다 신연57)이 슴십오셰에 절(강) 원혼이 되여쏘다."

　부인이 체읍58) 왈,

　"원춘59)을 당흐오미 안여주로60) 하여금 마음을 실푸게 하는잇가. 자고로 충신은 무고61)이 몸을 종신62)흐긔을 발아지 못흐

6쪽

　옵고, 입신흐여 인군63)을 셩기다가64) 엇지 원찬을 두려워 한잇가? 상공65)은 귀치66)을 안보67)하여쌉다가 천은을 입쌋와 도라오심을 천만68) 바라옵나이다."

---

55) 초패가 지극히 엄하시니.
56) 행장(行裝). 여행할 때 쓰는 물건과 차림.
57) 시년(時年). 그때의 나이.
58) 체읍(涕泣). 눈물을 흘리며 슬피 욺.
59) 원찬(遠竄). 원배(遠配). 먼 곳으로 귀양을 보냄.
60) 아녀자에게
61) 무고(無故). 사고 없이 평안함.
62) 종신(終身). 일생을 마침.
63) 인군(仁君). 어진 임금.
64) 섬기다가.
65) 상공(相公). '재상(宰相)'을 높여 이르던 말.
66) 귀체(貴體). 주로 편지 글에서, 상대편의 안부를 물을 때 그 사람의 몸을 높여 이르는 말.
67) 안보(安保). 편안히 보전함.
68) '아주', '전혀'의 뜻을 나타내는 말.

ᄒ고, 진쥬갓탄 눈물을 흘이여 옷깃실 적시거늘, 상셔 아을[69] 도라봐와 왈,

"슬푸다, 하날이 미우 여긔스 조물[70]이 시긔[71]ᄒ여 슈로 말이[72]의 영별[73]을 당ᄒ여시니, 엇지 슬푸지 안할이요. 너는 나을 위하여 구천[74]에 원수을 갑겨ᄒ라. 이일은 권즈경의 춤소[75]함이라. 만일 신병[76]이 차도 잇시면 원슈을 갑푸연이와, 수로 말이릭. 엇지 무사이 도라오기을 바릭이요."

쏘 부인다러 일너 왈,

"늬 말니틱향[77]에 고혼[78]이 될지라. 부인은 즐어말고[79] 아즈을 잘 길너 만세무양[80] ᄒ옵소셔. 늬 절강으로 간 후에 권즈경니 반다시 부인게 모하[81] 할 거시니, 어려온 일이 잇거든 가스[82]을 영낭에게 맛기고, 아자을 다리고 하복[83] 두자

7쪽

사을 츠즈 가소셔. 만일 그러치 안이ᄒ며 아즈도 보젼치 못하고, 부인도 욕을 면치 못할인니, 승가 조심ᄒ소셔."

---

69) 아이를.
70) 조물(造物). 조물주.
71) 시기(猜忌). 남이 잘되는 것을 샘하여 미워함.
72) 수로만리(水路萬里). 매우 먼 뱃길.
73) 영별(永別). 영이별(永離別). 다시는 만나지 못하고 영원히 헤어짐.
74) 구천(九泉). 땅속 깊은 밑바닥이란 뜻으로, 죽은 뒤에 넋이 돌아가는 곳을 이르는 말.
75) 참소(讒訴). 남을 헐뜯어서 죄가 있는 것처럼 꾸며 윗사람에게 고하여 바침.
76) 신병(身病). 몸에 생긴 병.
77) 만리타향(萬里他鄕). 조국이나 고향에서 멀리 떨어져 있는 다른 지방.
78) 고혼(孤魂). 의지할 곳 없이 떠돌아다니는 외로운 넋.
79) 슬퍼하지 말고.
80) 만세무양(萬世無恙). 아주 오랜 세월 동안 몸에 병이나 탈이 없음.
81) 모해(謀害). 꾀를 써서 남을 해침.
82) 가사(家事). 살림살이에 관한 일.
83) 하북(河北). 중국 황허 강(黃河江) 북쪽 지역을 통틀어 이르는 말.

부인 이 말을 듯고 통곡[84] 왈,

"상공이 쳐즈로 더부려 니별코져ᄒᆞ니, ᄒᆞ복 두즈스는 상공이랑 엇쩌ᄒᆞᆫ 사람이며, 권자경이 모힉ᄒᆞ는 일은 엇지 알으시ᄂᆞᆫ잇가?"

상공이 딕 왈,

"두즈스는 동흑동스[85]ᄒᆞ고 사싱동거[86]ᄒᆞᆫ든 붕우[87]라. 닉의 긔별[88]을 들으면 부인이 아니 기시도[89] 츳즈 올거시오, 만일 가시면 죽긔써 구할 거시니 그리로 차즈 가옵셔셔. 닉 병부시랑[90]으로 잇슬제 쳔즈 ᄂᆞᆯ을 사랑ᄒᆞ시민, 권자경이 묘당모는 다 나을 힉코져하려 ᄒᆞ기로 청즉후[91] 이운겄니 긔별 쌉기로 아나이다."

부인 왈

"첩에 사싱[92]과 아즈의 ᄉᆞ싱을 싱각을 말으시고 쳔금[93] 기체을 안보하옵소셔. 첩은 아즈[94]와 시비[95]을 다리고 사당[96]을 모셔, 상공

---

84) 통곡(痛哭). 소리를 높여 슬피 욺.

85) 동학동시(同學同師). 한 학교나 한 스승 아래서 같이 공부함. 또는 그런 사람.

86) 사생동거(死生同居). 살아서나 죽어서나 늘 함께 있다는 뜻으로, 다정한 부부 사이를 이르는 말. 여기서는 그와 같이 절친한 사이라는 의미.

87) 붕우(朋友). 벗.

88) 기별(奇別). 다른 곳에 있는 사람에게 소식을 전함. 또는 소식을 적은 종이.

89) 가셔도.

90) 병부시랑(兵部侍郎). 군사에 관한 일을 맡아 보던, 옛 중국의 벼슬이름.

91) 청주후(淸州侯). 청주지방을 다스리고 있는 제후.

92) 사생(死生). 삶과 죽음을 아울러 이르는 말.

93) 천금(千金). 많은 돈이나 비싼 값의 비유로, 아주 소중하고 긴요함을 이르는 말.

94) 아자(兒子). 아이.

95) 시비(侍婢). 곁에서 시중을 드는 계집종.

96) 사당(祠堂). 조상의 신주(神主)를 모셔 놓은 집.

이실 찐와 갓치 봉양[97]ᄒ오니라."

자탄[98]하기을 마지 아니하드라. 승공이 아자을 도라보와 왈,

"부딕 모친을 모시고 하복 두자ᄉ[99]을 차즈가라. 타일의 금세의 미진ᄒ 인연 맛초이라."

ᄒ고, 차마 이별치 못할이라. 이러할 지음에, 도ᄉ 향이을[100] 직쵹ᄒ거늘, 상공이 힝장을 수시하여, 노복[101]을 거날여 향하려 ᄒ니, 즁ᄌ[102] 현이 압페 와 동향[103]하기을 청하거늘, 상셔 눈물을 흘이면 현의 손을 잡고 만단기유[104] 왈,

"너을 다려가면 조흘듯ᄒ되, 너의 모친이 누을 의지ᄒ면, 조석향화[105]을 뉘가 흘이요. 너는 닉에 썩는 간장[106]을 위로ᄒ라."

한딕, 현이 죽기로써 알이되,

"저는 부친을 모시고 수로 말이에 ᄉ싱을 한가지로 ᄒ옵고자, 차ᄌ 영은 모친을 모시고 향화을 ᄭᅳᆫ치 말게 하옵난거시 당연ᄒ옵거늘, 엇지 수로말이 의 비돗딕만 에지ᄒ여[107] 션즁

---

97) 봉양(奉養). 부모나 소부모와 같은 웃어른을 받들어 모심.
98) 자탄(自嘆). 자기의 일에 대히여 탄식함.
99) 자사(刺史). 중국 한나라 때에, 군(郡)·국(國)을 감독하기 위하여 각 주에 둔 감찰관. 당나라·송나라를 거쳐 명나라 때 없앴다.
100) 행리(行履). 어떤 일을 행함. 또는 그 일.
101) 노복(奴僕). 사내종.
102) 장자(長子). 맏아들.
103) 동행(同行). 같이 길을 감.
104) 만단개유(萬端改諭). 여러 가지로 타이름.
105) 조석향화(朝夕香火). 아침 저녁으로 조상께 향을 피움.
106) 간장(肝腸). 애가 타서 녹을 듯한 마음.
107) 매우 먼 뱃길을 배 돛대에만 의지하여.

으로 가올잇가."

ᄒ며 향장을 차리거늘, 상셔 현에 기상108)이 전과 다름을 보고 수상이 여겨 달니가믈 쳥한딕, 부인과 ᄎᄌ 영을 이별하시고 기을 쎠ᄂ이라.

각설 권ᄌ경이 쳔금으로 ᄉ공을 상급ᄒ고 분부 왈,

"장상셔을 강중109)에 참ᄉ110)케ᄒ면 너 쥼상111)ᄒ고, 만일 실슈ᄒ면 ᄉ죄112)을 면치 못할 거시니 장엄거향113)ᄒ라."

쳔만당부114)하여 보ᄂᆡᄶ니, 이늘 션인115)등이 영116)을 듯고 빈을 가지고 강변에 딕후ᄒ여둧니, 이젹에117) 상셔 일향118)이 강변의 일으니 ᄉ공이 다토와 빈의 올으기을 쳥ᄒ거늘, 상셔 ᄉ공등의 은공을 층찬ᄒ고 빈의 올으나, 엇지 이런 흉게119)야 알이요. 배을 타고 순풍을 만나 졀도로 향ᄒ드니, 쎠난지 칠일만에 빈을 무인지경120) 딕이고, 사공 등이 일시에 닉다라121) 상셔을 결박122)ᄒ거늘,

---

108) 기상(氣像). 사람이 타고난 올곧은 마음씨와 겉으로 드러난 의용(儀容).

109) 강중(江中). 강의 물속.

110) 참사(慘死). 참혹하게 죽음.

111) 중상(重賞). 상을 후히 줌. 또는 그 상.

112) 사죄(死罪). 사형에 처할 범죄. 죽을 죄.

113) 장엄거행(將嚴擧行).

114) 천만당부(千萬當付). 말로써 어찌하라고 단단히 부탁함.

115) 선인(船人). 뱃사공. 뱃사람.

116) 영(令). 명령(命令)의 준말.

117) 이때에.

118) 일행(一行). 길을 함께 가는 사람. 또는 그 사람들의 무리.

119) 흉계(凶計). 음흉한 꾀.

120) 무인지경(無人之境). 사람이 없는 곳. 무인경.

121) 갑자기 힘차게 앞으로 뛰어나가다.

122) 결박(結縛). 몸이나 손 따위를 묶음.

상셔 디경 왈,

"스공아, 이거시 무삼 일고?[123] 날노 하여금 원수[124]업거늘, 만경창파[125]의 우리 부즈와 일향을 죽이려한이 아지못ㅎ거늘, 늬 지물과 향장을 다 가지고 일향을 살여주면 은혜을 갑푸마."

ㅎ고 디셩통곡ㅎ니, 장현과 하인등이 승셔 밍거실[126] 붓들고 익결[127] 왈

"우리 목슘으로 디신ㅎ고 상공을 상려달나."

만단[128] 익결흔이 이 경상[129]은 산천초목[130] 금수[131]라도 실어할네라.[132] 슬푸다 즁현아, 고국산천을 언제나 갈고. 날과 갓치 불여귀ㄹ. 동정호 달돗는디 소상강 세우는 더욱 가련ㅎ다. 즁현이 부친에 옷기슬 붓들고 하인는 현에 손을 잡고 앙천통곡[133] 왈

"만경창파의 부친을 모시고 고향을 이별ㅎ고, 수로말이 향하다가, 병드신 부친과 무죄흔 하인을 산설고 물

설고 스고무친[134]흔 망경창파에 목숨을 뭇게 되니, 엇지 실푸고 가련치

---

123) 이것이 무슨 일인가?
124) 원수(怨讐). 원한이 맺힐 정노도 자기에게 해를 끼친 집단이나 사람. 여기서는 '원수진 일'의 의미.
125) 만경창파(萬頃蒼波). 한없이 넓은 바다나 호수의 푸른 물결.
126) 맨 것을.
127) 애걸(哀乞). 애처롭게 사정하여 빎
128) 만단(萬端). 여러 가지나 온갖.
129) 경상(景狀). 어떤 처지나 모양.
130) 산천초목(山川草木). 산과 내와 풀과 나무. 곧 '자연'을 이르는 말.
131) 금수(禽獸). 날짐승과 길짐승.
132) 슬퍼하겠구나.
133) 앙천통곡(仰天痛哭). 하늘을 쳐다보며 몹시 욺.
134) 사고무친(四顧無親). 의지할 만한 사람이 아무도 없음.

아니ᄒ리요? 닉 먼저 죽어 부친의 참사을 보지 아니ᄒ리라."

ᄒ고 통곡기절135)ᄒ니, 션인등이 제우 구ᄒ여 인사136)를 수십ᄒ여, 빅쎤137)을 붓들고 앙쳔통곡 왈,

"유유ᄒ 창쳔138)은 우리 부자을 무삼 죄로 만경창파에 괴기밥이 되기139)ᄒᄂ잇가?"

빌기를 마지 아니ᄒ니, 월식140)이 히미ᄒ고 강수141)가 잔잔ᄒ더라.

"실푸다. 션인등은 우리 일힝을 다 쥐기고 기물을 가져가도, 벙드진 부친을 육지에 희골이나 온젼ᄒ기 ᄒ여달나."

빌기를 지셩으로 다ᄒ미, 션인등이 왈,

"공자142)은 우리을 원치143) 말나. ᄒ늘을 원ᄒ라. 상공의 참(사)ᄒ기와 슈즁고혼144)되기ᄂ 도시145) 쳔수146)라."

ᄒ디, 장현이 더욱 익결 왈,

12쪽

"그디등이 우리 부친과 무슴 원수잇는가?"

---

135) 통곡기절(痛哭氣絶). 목놓아 큰소리로 울다가 한때 정신을 잃음.
136) 인사(人事). 개인의 의식, 신분, 능력 따위에 관한 일. 또는 개인의 일신상에 관한 일.
137) 뱃전. 배의 양쪽 가장자리 부분.
138) 유유창천(悠悠蒼天). 한없이 멀고 푸른 하늘. 주로 원한을 표현할 때 씀.
139) 고기밥이 되게. 물에 빠져 죽게.
140) 월색(月色). 달빛.
141) 강수(江水). 강물.
142) 공자(公子). 지체가 높은 집안의 나이 어린 아들.
143) 원망하지. 원망(怨望). 남이 내게 한 일을 억울하게 또는 못마땅히 여겨 탓하거나 분하게 여겨 미워함.
144) 수중고혼(水中孤魂). 물 속에서 의지할 곳 없이 떠돌아다니는 외로운 넋.
145) 도시(都是). 도무지. 이러니저러니 할 것 없이 아주.
146) 천수(天數). 천운(天運). 하늘이 정한 운수.

ᄒᆞ고, 도사공[147)을 붓들고 통곡기절ᄒᆞ니, 수공등니 눈물 안이 흘리이 업드라. 도사공이 왈,

"공ᄌᆞ에 기상을 보니 속절업시[148) 남에게 죽을 사람이 아니라."

ᄒᆞ고,

"공자을 죽이면 국가을 망케하미라. 공ᄌᆞ 십세 후면 반다시 귀회될지라. ᄌᆞ고로 '회자문의 츙신이 나고 충신문에 호ᄌᆞ난다'[149) ᄒᆞ여시니, 엇지 츙효겸젼[150)ᄒᆞᆫ 사름을 싱각지 안이 ᄒᆞ리요. 일시 권세[151)을 두러워 ᄌᆡ물을 탐ᄒᆞ고 무도지ᄉᆞ[152)을 향ᄒᆞ리요. 너희는 ᄂᆡ말을 듯지 안니하면 ᄂᆡ 칼노 죽여 창파 중에 여흐리라.[153)"

ᄒᆞᆫᄃᆡ, 여러 수공등이 왈,

"우리 엇지 도ᄉᆞ공의 말을 거역[154)ᄒᆞ올잇가? 영ᄃᆡ로 하ᄌᆞ이다."

도사공이 ᄃᆡ히ᄒᆞ여 상셔게 엿ᄌᆞ오되,

"소인의 성명은 장홍이옵드니, 이ᄇᆡ 도사공으로서 상

공을 결박ᄒᆞ여싸오니 엇지 죄을 면ᄒᆞ올잇가."

ᄆᆡᆫ 거실 글너 발니고[155) 돈수쳥죄[156) 왈,

"승공은 죄을 사[157)하옵소셔. ᄂᆞ는 두시 쳔수요, 권ᄌᆞ경의 모히로소이니.

---

147) 도사공(都沙工). 사공의 우두머리.
148) 단념할 수밖에 딴 도리가 없다.
149) 우리나라 속담.
150) 충효겸전(忠孝兼全). 충성과 효도를 모두 갖추고 있음.
151) 권세(權勢). 권력과 세력. 권력을 쥐어 위세(威勢)가 있음.
152) 무도지사(無道之事). 말이나 행동이 인간으로서 지켜야 할 도리에 어긋나는 일.
153) 옇다. '넣다'의 방언(강원, 경상, 전남, 함경). 넣으리라.
154) 거역(拒逆). 윗사람의 뜻이나 명령을 어겨 거스름
155) 끌러서 버리고.
156) 돈수청죄(頓首請罪). 머리를 조아리며 죄 줄 것을 청함.

권자경이 천금을 닉여 소인등을 주며 왈 '승공을 만경창파에 죽이라' ᄒᆞᄆᆡ 상공을 희하려 ᄒᆞ고 강변의 딕후하여쓰더니, 상공겨옵셔 비을 투실 ᄯᆡ에 상공과 공자을 상운158)이 눌너쑵긔로 신긔희 아라쓰드니, 이제 귀ᄒᆞ신 공ᄌᆞ에 상을 보옵신니 뵘인니 안이오라 타일에 반다시 귀희될지라. 그ᄯᆡ에 소인을 익미한159) 줄 아옵소셔."

한듸, 상셔 왈,

"만경창파의 부ᄌᆞ 함몰160)할 거슬 모ᄉᆞ공에161) 은혜로 목슴을 보젼ᄒᆞ여시니 엇지 다ᄒᆡᆼ치 안이하리요. 쳔ᄒᆡᆼ을162) 용안 다시 보시면 웬수을 갑고 도상공의 은혜을 만분지일163)이나 갑풀연이와, 또ᄒᆞᆫ 불

14쪽

향ᄒᆞ면 고향의 도라갈 기약164)이 아득ᄒᆞ니, 닉 빅골을 싱각지 말고, 밧비 도라가 모친을 위로ᄒᆞ고 닉에 구쳔의 ᄉᆞ못친 한니 업게 ᄒᆞ라."

ᄒᆞ시고, 두 줄 눈물이 비오듯 하더라. 현니 부친 압페 복지통곡 왈,

"말이타향165)에 쳔금갓싸온 몸을 도라보지 안이하시고, 이런 말씀으로 소자와 ᄒᆞ인을 불평ᄒᆞ겨 하신난잇가.166)"

상셔 우름을 근치고 왈,

"저도 공의 은혜 구쳔 타일의 도라가도 다 갑지 못하리라."

---

157) 사(赦). 죄나 허물을 용서함.
158) 상운(祥雲). 복되고 좋은 일이 있을 조짐이 보이는 구름.
159) 애매(曖昧)하다. 아무 잘못 없이 꾸중을 듣거나 벌을 받아 억울함.
160) 함몰(咸沒). 몰사(沒死). 모조리 다 죽음.
161) 도사공의.
162) 천행으로. 천행(天幸). 하늘이 준 큰 행운.
163) 만분지일(萬分之一). 만으로 나눈 그 하나라는 뜻으로, 아주 적은 경우를 일컫는 말.
164) 기약(期約). 때를 정하여 약속함. 또는 그런 약속.
165) 만리타향(萬里他鄕). 조국이나 고향에서 멀리 떨어져 있는 다른 지방.
166) 불평(不平)하게 하십니까. 마음이 편하지 않게 하십니까.

무슈히 충찬흔이, 스공 등이 듸히하여 왈,

"상공과 공즈는 너무 염예167) 마옵소셔. 수말이의168) 향츠169)나 평안 ᄒ
옵시고, 이런 말삼을 늬지 마옵소셔."

ᄒ고, 졀강 만호170)게 '파션하여 상셔가 강즁의 죽엇짜' 흔듸, 만호 직시 권
강노겨 시별흔니, 자경니 긔별을 듯고 황상겨 상소하니, 쳔즈 드르시 츄연
탄 왈,

"장지셩에 충셩으로 강즁에 참스

15쪽

하여스니 침171)이 불명172)흔 타시라."

ᄒ시고 즉시 만호의겨 ᄒ교173)하스

"시신을 차지라."

ᄒ시나.

각설 양부인이 승셔을 적소에 보늬고 소식이 돈졀174)흔든 즁의, 츠즈 영
과 비복을 거ᄂ리고 속졀업시 세월을 보늬드니, 잇ᄯ의 권즈경이 불칙175)
흔 흉게을 늬여 즁상셔 부인을 탈취176)코저ᄒ여, 니날밤 습경에 근장한177)

---

167) 염려(念慮). 앞일에 내히어 여리 가지로 마음을 써서 걱정함. 또는 그런 걱정.

168) 수만리(數萬里)에.

169) 행차(行次). 웃어른이 차리고 나서서 길을 감. 또는 그때 이루는 대열.

170) 만호(萬戶). 조선 시대에, 각 도(道)의 여러 진(鎭)에 배치한 종사품의 무관
　　　벼슬.

171) '짐(朕)'의 誤記. 임금이 자기를 가리키는 일인칭 대명사.

172) 불명(不明). 사리에 어두움.

173) 하교(下敎). 전교(傳敎). 임금이 명령을 내림. 또는 그 명령.

174) 돈절(頓絶). 편지나 소식 따위가 딱 끊어짐.

175) 불측(不測). 생각이나 행동 따위가 괘씸하고 엉큼함.

176) 탈취(奪取). 빼앗아 가짐.

177) 건장(健壯)한. 몸이 튼튼하고 기운이 셈.

군수 수십 명을 거날여 장상셔의 집으로 フ고져 할 지음에, 쳥주후 이운경니 이말을 듯고 권강노 집에 가, 장상셔 죽은 말과 양부인 형찰178)흔 말을 젼흐니, 권ス경이 왈,

"이후179) 엇지 자셔히 아는요?"

니후 왈,

"장지셩으로 교분이 잇고 거의 유모180)가 닉에 비ス181)라. 이러함으로 아는이다. 고져 잇쓰든이 젼일 이부상셔 쎡의 쳔은을 밋고 방ス182)하여 의를 져바리고 문답이 업시 지닉든다. 영낭이 장상셔에 유모

16쪽

옵고, 쏘 이후의 비ス온이다."

권강노 왈

"이후쎡에 출입하는잇가?"

"일식183)의 한번식 왕닉흐는이다"

자경이 답 왈

"닉 이후로 더부러 이논할 말이 인노라. 원컨딘 듯고져 흐나잇가?"

흔딕, 이후 들으물 쳥흔딕, 강노 왈,

"장상셔 졀강의 춤스흐여슨니 그 부인 화초월식의 버들삼아184) 무정세월185)을 허송흐니, 닉 이제 향코져186) 흐니 싱각이 엇쎠하신잇가?"

---

178) 현철(賢哲). 어질고 사리에 밝음. 또는 그런 사람.
179) 이후(李侯). 청주후 이운경을 이름.
180) 유모(乳母). 남의 아이에게 그 어머니 대신 젖을 먹여 주는 여자.
181) 비자(婢子). 조선 시대에, 별궁·본곁·종친 사이의 문안 편지를 전달하던 여자 종. 여기서는 이후 집의 여종이란 의미.
182) 방자(放恣). 어려워하거나 조심스러워하는 태도가 없이 무례하고 건방짐.
183) 일삭(一朔). 한 달.
184) 벗을 삼아
185) 무정세월(無情歲月). 덧없이 흘러가는 세월.

이후 왈,

"그러ᄒ오면 탈취마옵고, 사람을 보ᄂᆡ여 후처[187]을 증하미 맛당할가 ᄒ
나이다."

강노 올희이 여겨,

"그러ᄒ오면 이후 영낭으로 조흔 연분을 이루겨 ᄒ여주옵소셔."

니후 왈,

"강노 이제 탈추코져ᄒ온이 만일 순종[188]ᄒ오며 다향하거니와, 준종치
안이ᄒ고 죽싸오면 원도 일우지 못ᄒ고 후세의 우슴을 면치 못할 거시니,
ᄂᆡ 말ᄃᆡ로 하스이다."

강노 올히여겨 노복을 물니치고 이

17쪽

후로 더부러 약속을 증ᄒ고 도라오니라. 잇ᄯᅥ의 이후 집 도라와 탄식 왈,

"장승셔의 가운[189]이 불향ᄒ도다. ᄯᅩ 그 분이[190]을 희코져 ᄒ이, 가련타,
장상서의 츙성으로 이런 욕을 당ᄒ니 엇지 츠목[191]지 안이한요."

이날밤 삼경[192]의 셔간을 닥가[193] 시비로 하여금 가만이 보ᄂᆡ고, 즁승셔
의 츰스함과 부인 신세을 싱각ᄒ고 ᄉᆡ로이 실어하들아[194].

간절 양부인이 젼강 소식을 몯니 싟이ᄒ며, 츠ᄌᆞ 영을 다리고 셰월을 십

---

186) 행하고자
187) 후처(後妻). 나중에 맞은 아내.
188) 순종(順從). 순순히 따름.
189) 가운(家運). 집안의 운수.
190) 부인을
191) 참혹(慘酷). 비참하고 끔찍함.
192) 삼경(三更). 하룻밤을 오경(五更)으로 나눈 셋째 부분. 밤 열한 시에서 새벽
    한 시 사이이다.
193) 닦다. 글을 지어 다듬다.
194) 슬퍼하더라.

갓치 보닉든니, 이늘밤 삼경에 시비 츈낭니 셔간을 들이거늘, 부인이 딕
경195) 왈

"니 셔(간)니 엇써혼 서간니면, 어딕셔 완난요?"

흔딕, 츈낭이 딕 왈,

"쳥주후 이운경쎡으로 완나이다."

흔딕, 부인이 왈,

"무삼 일노 가군196)도 업난 집에 서간을 보난난고?"

보기을 주저흐니, ᄌᄌ 영이 모신겨 엿주오되,

"쳥주휴은 졀교가

18쪽

중197)한 빈온이 무삼 호희198) 잇싸올잇가? 밧비 기틱하여 보소셔."

흔딕, 부인이 올히 여겨 써여본이 그 셔의 흐여스되,

'쳥쥬후 이운경은 돈슈직빅199)흐옵고 양부인 좌ᄒ200)에 올니옵ᄂ는이다.
승상쎡 운수 불향흐여 천도무심201)ᄒ고 상셔 말리적소202)의 무양203)ᄒ믈
발아쌉든이,204) 일언 환란205)이 도시 권ᄌ경의 모희온니, 발아옵건딘 쳔금

---

195) 대경(大驚). 크게 놀람
196) 가군(家君). 가부(家夫). 남에게 자기 남편을 이르는 말.
197) 절교가중(絕交家中). 집안끼리 서로 교제를 끊음.
198) 호의(好誼). 가깝게 잘 지내는 좋은 정의(情誼).
199) 돈수재배(頓首再拜). 머리가 땅에 닿도록 두 번 절을 함. 또는 그렇게 하는
　　　절. 경의를 표한다는 뜻으로 주로 편지의 첫머리나 끝에 쓰는 말의 하나.
200) 좌하(座下). 주로 편지 글에서, 받는 사람을 높여 그의 이름이나 호칭 아래
　　　붙여 쓰는 말.
201) 천도무심(天道無心). 하늘이 무심함.
202) 만리적소(萬里謫所). 아주 멀리 떨어져 있는 귀양지.
203) 무양(無恙). 몸에 병이나 탈이 없음.
204) 바랬었더니
205) 환란(患亂). 근심과 재앙을 통틀어 이르는 말.

귀체을 보전ㅎ옵소셔. 어제날 권주경의 집이 가온 즉, 강노 불측한 일노 부인을 히코져 ㅎ온니, 부인는 밧비 집을 쩌나소셔. 만일 더듸오면 강노의 욕을 면치 못할거시니, 가사을 싱각지 말고 밧비 욕을 면ㅎ옵소셔. 상셔 업는 쩍에 셔차[206]을 붓치옵긔는 미안ㅎ옵고 죄은 만ᄉ무셕[207]이오나, 잇 쩌을 당ㅎ와 체모[208]을 츠리고 엇지 통긔치 안

이 할잇가. 복원[209] 부인는 괴로우물 싱각지 마롭시고, 귀체을 안보하옵 다가 천은[210]을 기다리소셔.'
ㅎ엿드라. 부인이 보긔 다 ㅎ고 실셩유체[211] 왈,
"슬푸다. 청쥬후가 편지을 안이하여든들 환을 엇지 면할이요. 니 사람의 은혜는 구천 타일에 가도[212] 다 갑지 못하리로다."
ㅎ고,
"상셔 이별할 쩍에 말ᄉ니, 하북 두주ᄉ을 차자가라 ㅎ엿스니 주ᄉ을 츠 주가 욕을 면ㅎ고 명[213]을 보젼[214]ㅎ엿다가, 일후의 상셔 천은을 입싼와 도라오시기을 기다려 원수을 갑푸리라."
ㅎ고 피ㅎ이라.
각졀 이젹의, 이후 강노게 허락ㅎ고 집이 도라와 양부인세 동시ㅎ고 동 정[215]을 기달이드니, 잇쩌에 시비 문득 고ㅎ되,

---

206) 서찰(書札). 편지(便紙).
207) 만사무석(萬死無惜). 만 번 죽어도 아까울 것이 없음.
208) 체모(體貌). 체면(體面). 남을 대하기에 떳떳한 도리나 얼굴.
209) 복원(伏願). 웃어른에게 엎드려 공손히 원함.
210) 천은(天恩). 하늘의 은혜 혹은 임금의 은덕.
211) 실성유체(失性流涕). 본정신을 잃고 눈물을 흘림.
212) 타일에 구천에 가도.
213) 명(命). 목숨.
214) 보전(保全). 온전하게 보호하여 유지함.

"양부인이 집을 써나 종적이 업다."

하거늘, 이후 짓거워216) 바로 권강노 집의 가셔 이 사연을

20쪽

고흐니, 강노 왈,

"이후 가로치지 안이 흐여쓴들 흐인 우슴을 면치 못함변하엿다.217)"

흐고, 이후다려 당부 왈,

"일후218) 소식을 탐지219) 흐여 날노하여 금세에 미(진)흔220) 연분을 이루게 흐옵소셔."

니후 허락흐고 집에 도라온니라.

갈절 부인이 츳즈 영을 다리고 집을 써난지 여러날 만에 흔곳에 다다르니, 초향노숙221)의 도도222) 발섭223) 흐미 향노224)의 긔운니 진흐여, 압풀 바르본이 한 줄영니225) 막커여거늘, 갈발을226) 아지 못흐여 아즈을 어루만지며 하북을 바라보며 익통기절227) 흐니, 공즈와 시비 츙낭이 부인을 붓들고 통곡하여 왈,

---

215) 동정(動靜). 일이나 현상이 벌어지고 있는 낌새.
216) 기꺼워. 마음 속으로 은근히 기뻐서.
217) 못할 뻔 하였다
218) 일후(日後). 뒷날.
219) 탐지(探知). 드러나지 않은 사실이나 물건 따위를 더듬어 찾아 알아냄.
220) 미진(未盡). 아직 다하지 못함.
221) 초행노숙(草行露宿). 푸서리로 다니며 노숙한다는 뜻으로, 산이나 들에서 자며 여행함을 비유적으로 이르는 말.
222) 도도(道途). 길.
223) 발섭(跋涉). 산을 넘고 물을 건너 길을 감.
224) 향로(向路). 향하여 가는 길. 또는 행로(行路). 길을 감. 또는 그 길.
225) 준령(峻嶺)이, 높고 가파른 고개가.
226) 갈 바를. 갈 곳을.
227) 애통기절(哀慟氣絶). 슬피 울부짖다가 한동안 정신을 잃음.

"부인이 환을 피ㅎ여 니곳에 왓쌉다가 이럿틋 기절ㅎ시니, 공즈와 소미228)는 누을 의지ㅎ며, 승공이 도라오시면 여려 히 썩은 간장을 눌 다려 설화229)ㅎ시는잇가? 부인는 천

21쪽

금 귀체을 안보하여 쏩다가, 타일의 동서로 하여 정쓴 원앙이 녹슈을 만남갓고230) 빗취 련이지231)의 깃들임 가싸오면, 소비도 적막232)ㅎ 회포233)을 풀가 바라난이다."
ㅎ딕, 부인이 정신을 차려 아즈을 안고, 츙낭에 손을 잡고 슬피 통곡 왈,
"슬푸다 츙낭아. 너으 말을 들온니 썩는 간장니 시롭쏘다. 너은 나을 의지ㅎ고, 나는 너을 의지ㅎ여, 이 힘악한 영을 너니가234) ㅎ북 두자스을 츠즈가, 욕을 물읍씨고 죽기 사마 세월을 보닉따가, ㅎ날이 도오스 문호을 회복하면 니안니 조흘가."
노주235) 셔로 붓들고 통곡ㅎ니, 참담ㅎ물 이로 츙양236)치 못할너라. 좌우 산천을 바라보니 만학천봉237)은 운심ㅎ딕238) 실랑은 왕니ㅎ고, 츙송녹죽239)은 울울240)한데 잉무공작241)은 나라들고, 유망에 황잉242)은 노릭ㅎ고

---

228) 소비(小婢). 여종이 상전을 상대하여 자기를 낮추어 이르던 일인칭 대명사.
229) 설화(說話). 말. 이야기.
230) 綠水淸江 鴛鴦遭格.
231) 연리지(連理枝). 두 나무의 가지가 서로 맞닿아서 결이 서로 통한 것.
232) 적막(寂寞). 의지할 데 없이 외로움.
233) 회포(懷抱). 마음속에 품은 생각이나 정(情).
234) 넘어가서
235) 노주(奴主). 종과 주인을 아울러 이르는 말.
236) 측량(測量). 생각하여 헤아림.
237) 만학천봉(萬壑千峯). 첩첩이 겹쳐진 깊고 큰 골짜기와 수많은 산봉우리.
238) 운심(雲深)한데, 구름이 깊은데.
239) 창송녹죽(蒼松綠竹). 푸른 소나무와 푸른 대나무
240) 울울(鬱鬱). 나무가 빽빽하게 들어서 매우 무성함.

화간243)에 접

22쪽

무244)는 분분이245) 츔을 추고 쌍쌍이 왕니흔니 긔의 심사 더옥 실푸다. 경긔 무궁하건이와 우(리) 심스 쳘양흐다.246) 슨고곡심247) 무인쳐248)의 어늬 누을 츠즈가라. 히는 셔산에 기우려지고, 달은 동졍의 돗고져흐엿는데, 부인니 상셔을 싱각흐여 실피 통곡흔니, 공즈와 시비 붓들고 셔로 위로하든 츠의, 동방이 시고져흐여시니, 스쳐249)의 향인들이 만코 쏘 뒤에 취종250)이 잇슬듯흐고, 하물며 강포한251) 스람을 만나 욕을 볼가 이심흐여,

"남복252)을 흐고 너는 선동의 복식253)을 흐고 하복을 차즈가면 양칙254)일 갈 이노른"

츙낭이 답왈,

"부인의 말슴이 당연흐오니 그리흐사이다."

흐고, 초향노숙으로 틱령을 너머 흐복을 바라든니, 여러 날만의 강변에셔

---

241) 앵무공작(鸚鵡孔雀). 앵무새와 공작새.

242) 황앵(黃鶯). 꾀꼬리.

243) 화간(花間). 꽃과 꽃의 사이.

244) 접무(蝶舞). 나비춤. 여기서는 나비의 의미로 사용.

245) 여럿이 한데 뒤섞여 어수선함.

246) 우리 신세 처량하다

247) 산고곡심(山高谷深). 산이 높고 골짜기가 깊음.

248) 무인쳐(無人處). 사람 없는 곳.

249) 사쳐(四處). 사방(四方).

250) 추종(追從). 남의 뒤를 따라서 좇음.

251) 강포(强暴)한. 몹시 우악스럽고 사나운.

252) 남복(男服). 여자가 남자의 옷을 입음.

253) 복색(服色). 예전에, 신분이나 직업에 따라서 다르게 맞추어서 차려 입던 옷의 꾸밈새와 빛깔.

254) 양책(良策). 좋은 계책이나 뛰어난 책략.

조ᄒᆞ드니, 비몽간255)에 ᄒᆞᆫ 션여 부인 압펴 와서 절ᄒᆞ고 왈,

"부인니 원노의 발셥ᄒᆞ여 긔골256)이 막심257)ᄒᆞ다

23쪽

하옵고, 우리 낭낭258)이 모셔오라 ᄒᆞ나이다."

부인이 왈,

"그ᄃᆡ에 낭낭이 뉘라 ᄒᆞ신난잇ᄀᆞ?"

션여 답 왈,

"가시면 조연259) 알이다."

ᄒᆞ고, 밧비 가자믈 청ᄒᆞ거늘, 마지못ᄒᆞ여 부인이 션여을 ᄯᆞ라 ᄒᆞᆫ곳의 다달으니 궁궐이 영농ᄒᆞᆫᄃᆡ, 여러 션여 부인을 시러 나오거늘, 발아본니 치운260)이 어려원는디,261) 염염ᄒᆞ여 드러가기을 주저하드니, 한 시비 나와 절ᄒᆞ고

"우리 낭낭니 부인을 쳥ᄒᆞ온니 밧비 드러가자이다."

하고, 부인을 인도하여 들어가 좌정 후에 시비로 전ᄒᆞ여 왈,

"부인이 ᄀᆞ군과 ᄌᆞ식을 이별ᄒᆞ고 쳘이 타향의 외로이 옵시믈 위로ᄒᆞ고저 쳥ᄒᆞ여ᄊᆞ온니 부인는 ᄒᆞᆫ치262) 말으소서."

ᄒᆞ고, 시비로 하여금 안심차을 권ᄒᆞ여 왈,

"부인는 한치 말으소셔, 하날니 증한 일이온니 셜미 엇씨하오릿가. 밧비 두ᄌᆞᄉᆞ을 ᄎᆞᆽᄌᆞ가옵소셔. 부인의 가권263)는

---

255) 비몽사몽간(非夢似夢間). 완전히 잠이 들지도 잠에서 깨어나지도 않은 어렴풋한 순간.

256) 기갈(飢渴). 배고픔과 목마름을 아울러 이르는 말.

257) 막심(莫甚). 더 이상 이를 수 없이 심함.

258) 낭랑(娘娘). 왕비나 귀족의 아내를 높여 이르는 말.

259) '자연히'의 誤記.

260) 채운(彩雲). 여러 빛깔로 아롱진 고운 구름.

261) 어리었는데.

262) 한(恨)하지. 몹시 억울하거나 원통하여 원망스럽게 생각하지.

　상제을 모시고, 장현는 현무성싱이[264] 달여갓싸온니 염예 마옵소셔. 츠즈 영은 오연 후면 등과[265]ᄒ고, 칠연 후면 몸의 옥듸[266]로 문호에 빗닐거시오. 십연 후면 장즈 현는 ᄒ복으로 만날연이와 슘연 고싱을 다 일우고 빅만 듸병을 지위[267]ᄒ여 영화로 도라올니다."

ᄒ고 츠을 들어 권ᄒ여 왈,

　"니 압길이 머온니 이 츠을 잡수시면 몸이 가부업고 기운이 평안하리다. 나는 욘연슌쳐[268]요 아황여영[269]니엽든니, 그듸을 위ᄒ여 보고져 ᄒ여싸온이 밧비 ᄒ복으로 향하여 쳔은을 기달이소셔."

하며,

　"밤이 깁펴싸온니 쉬여가옵소셔."

ᄒ거늘, 부인이 션여을 향ᄒ여 치사하려 할 지음의, 시비 충낭이 부인을 씨우거늘, 씨달은니 몽중에 낭낭으로 수작[270]ᄒ든 말이 귀에 쟁쟁 눈에 삼삼하드라. 부인이 아즈을 붓들고 실셩통곡 왈,

　"악가 몽스[271]가 여츠여츠

---

263) 가권(家眷). 호주나 가구주에게 딸린 식구 또는 남에게 자신의 아내를 낮추어 이르는 말. 그러므로 가군(家君)의 誤記인 듯.

264) 현무선생

265) 등과(登科). 과거에 급제하던 일.

266) 옥대(玉帶). 임금이나 관리의 공복(公服)에 두르던 옥으로 장식한 띠.

267) 지휘(指揮). 목적을 효과적으로 이루기 위하여 단체의 행동을 통솔함.

268) 요녀순처(堯女舜妻). 요임금의 딸이자 순임금의 처.

269) 아황(娥皇)과 여영(女英). 요임금의 딸들로 모두 순임금에게 시집을 감. 순임금이 죽은 뒤에 상강(湘江에) 투신. 절부(節婦)의 상징.

270) 수작(酬酌). 서로 말을 주고받음. 또는 그 말.

271) 몽사(夢事). 꿈에 나타난 일.

    흔니 상공이 필연 세상을 발여도다."

흔고 기졀허니, 영이 익결 왈,

    "모친임이 자로272) 기졀ᄒ시고 쏘한 길니 먼지라. 엇지 힝할여 ᄒ시는잇가."

한듸, 부인이 낭낭에 일우든273) 말슴을 싱각ᄒ시고, 기운을 진졍ᄒ여 ᄒ북으로 힝ᄒ시니, 오일만에 한 노고274)을 만나 하북 두ᄌᄉ을 ᄎ진니, 노고 답 왈,

    "그듸에 기운275)을 필연 남ᄌ가 안인가 시푼니276), 무슴 일노 자ᄉ을 찻난잇가? 이곳지 하복이요, 져 듸니 두ᄌᄉ 듸아요, 나는 두자사에 유모로소이다."

흔듸, 부인니 왈,

    "노고에 지인지감277)니 신기ᄒ다. 질실노 남ᄌ 안이요 여ᄌ라. 팔자 기박하여278) 가군과 자식을 수로 말이에 이별하고 헐헐단신279)이 의탁280)니 망연ᄒ와 설음이 철쳔281)하든차에 권강노라 ᄒ는 놈이 반야삼경282)에 겁탈283)하기로

---

272) 자주. 같은 일을 잇따라 잦게.
273) 이르딘. 무엇이리고 말하딘.
274) 노고(老姑). 노파(老婆).
275) 눈에는 보이지 않으나 오관(五官)으로 느껴지는 현상.
276) 남자가 아닌 듯 하니.
277) 지인지감(知人之鑑). 사람을 잘 알아보는 능력.
278) 기박(奇薄)하여. 팔자, 운수 따위가 사납고 복이 없어서.
279) 혈혈단신(孑孑單身). 의지할 곳이 없는 외로운 홀몸.
280) 의탁(依託). 어떤 것에 몸이나 마음을 의지하여 맡김.
281) 철천(徹天). 하늘에 사무친다는 뜻으로, 두고두고 잊을 수 없도록 뼈에 사무침을 이르는 말.
282) 반야삼경(半夜三更). 한밤중.
283) 겁탈(劫奪). 위협하거나 폭력을 써서 빼앗음.

환을 피하여 이리 왓쓰오니, 나는 전조 젹[284] 병부상셔[285] 장강의 자부[286]요, 이부상셔[287] 장진셩에 쳐요, 틱학스[288] 양쳐육에 여즈[289]라. 가군이 졀도에 원찰할 씩에 일우시기을, 급혼 일니 잇거든 하북 두자사 집으로 가라 흐옵시기로 불원철니[290] 흐고 왓쌰오니, 노고는 들어가 졍원[291]을 알니라."

한딕, 노고 답 왈,

"슬푸다. 우리 자스 장상셔의 말슴을 일시도 잇지 못흐드니, 오날날 부인니 초초이[292] 오시민 세승사가 일시로 변흐여도다."

즉시 드러가 자스게 고하여 왈,

"져산밧게 틱학사 양쳐육에 여즈요, 이부상셔 장진셩의 쳐르 흐는 부인이, 상공을 차즈 완나이다."

흔딕, 즈스 듯고 딕경 왈,

"슬푸다. 상셔로 더부러 이별혼지 사오연에, 일정 소식이 망연흐드니, 간밤 쑴예 중승셔 와셔 일우되, '늬의 쳐을 구흐여달나' 하거늘, 밧비 물은

---

284) 전조(前朝) 적. 바로 전대의 왕조 때.
285) 병부상서(兵部尙書). 중국에서, 병부(兵部)의 으뜸 벼슬. 군사에 관한 일을 담당.
286) 자부(子婦). 며느리.
287) 이부상서(吏部尙書). 중국에서, 이부(吏部)의 으뜸 벼슬. 문선(文選)과 훈봉(勳封)에 관한 일을 담당.
288) 태학사(太學土조). 조선 후기에, 홍문관(弘文館) 대제학(大提學)의 별칭.
289) 여자(女子). 딸.
290) 불원천리(不遠千里). 천 리 길도 멀다고 여기지 않음.
291) 정원(情願). 진정으로 바람.
292) 초초(草草)하게. 갖출 것을 다 갖추지 못하여 초라하게.

27쪽

즉, 장상셔 일우되 '길이 달우기로 세상에 미진흔 정회293)을 다펴지 못흐고 가온니 타일에 다시 보사이다' 하거늘 놀나 싸달은니 남가일몽294)이라. 몸이 썰이고 정신을 진정치 못흐여 장상셔 본드시 심회 비충하든니, 부인이 와 게시다. 쏘흔 천도 무심치 안이하물 가니 알이라."

흐고, 노고을 다리고 부인 압펴 나가 체읍 왈,

"상셔 원찰흐심과 부인에 곤고하시미295) 도시 천슈오니, 천금귀체을 안보하여 씁다가 다시 조흔 세월을 보사이다."

흐고, 부인을 모시고 들어와 좌정 후에, (부인이) 견후 사정과 권주경의 모희흐든 일을 자셔히 고흐고 다시 슬어하거늘. 자스와 부인니296) 위로 왈

"도시 천슈오니 슬어 마옵소셔."

하고 즉시 잔여297)을 불너 셔로 뵈이고 양부인을 위로하여 세월을 보니드라.

28쪽

각셜 장상셔 현을 다리고 절도을 무스이 득달298)하여, 사공 장홍의 은헤을 빅변 치스하고 장안으로 돌아가고, 상셔는 현을 다리고 세월을 보니드니, 시운이 불힝하고 천도 무심흐사, 이쩌는 츄칠월 망간이라.299) 상셔 홀

---

293) 정회(情懷). 생각하는 마음. 또는 정과 회포를 아울러 이르는 말.

294) 남가일몽(南柯一夢). 꿈과 같이 헛된 한때의 부귀영화를 이르는 말. 중국 당나라의 순우분(淳于棼)이 술에 취히여 홰나무의 님쪽으로 뻗은 가지 밑에서 잠이 들었는데 괴안국(槐安國)으로부터 영접을 받아 20년 동안 영화를 누리는 꿈을 꾸었다는 데서 유래. 여기서는 '꿈'이라는 의미로 사용.

295) 곤고(困苦)하심이. 형편이나 처지 따위가 딱하고 어려움이.

296) 자사가 부인을.

297) 자녀(子女). 아들과 딸을 통틀어 이르는 말.

298) 득달(得達). 목적한 곳에 도달함. 또는 목적을 이룸.

299) 秋七月 멸間. 음력 칠월 보름께.

연300) 득병301)ᄒ야 장차 세상을 이별302)ᄒ지라. 이날밤 ᄭᅮᆷ의 ᄒᆫ 선관303)니
날여와 일우되

"군우션관 안인가? ᄌᆞ미 엇써ᄒᆞ요? 상제 날로 명ᄒᆞ사304) 그ᄃᆡ을 불우신니
밧비 가스이다."

ᄒᆞ고,

"그ᄃᆡ의 부인는 그ᄃᆡ을 이별ᄒᆞ고 불과 수일지닉에 권적의 진위를 알고,
ᄎᆞᄌᆞ 영을 다리고 ᄒᆞ복 두ᄌᆞᄉᆞ을 차자가 안돈ᄒᆞ고, 그ᄃᆡ에 집은 영낭을 맛
게시니 염예할 비 안이라. 차ᄌᆞ 영은 이제 삼연 후면 몸이 빗나 집을 회복ᄒᆞ
고, 장ᄌᆞ 현는 현무션싱을 ᄯᅡ라가라 당부ᄒᆞ옵고, 오날날 원을 일우소셔. ᄶᅵ
느져 가온니다. 밤

29쪽

에 가스이다."

할 지음에, 식벽 달기 홰을 치면 울거늘, 놀나 ᄭᅢ달은니 몽중설화305) 영
역306)헌지라. 급피 주인을 불너 문 왈,

"오날니 무슴 날이요?"

쥬인이 답 왈,

"오날이 칠월 망일이로소이다."

상셔 문득 싱각ᄒᆞ되

---

300) 홀연(忽然). 뜻하지 아니하게 갑자기.
301) 득병(得病). 병에 걸림.
302) 죽음을 완곡하게 이르는 말.
303) 선관(仙官). 선경(仙境)에서 벼슬살이를 하는 신선.
304) 상제(上帝)께서 나에게 명을 내리셔서. 상제(上帝). 흔히 도가(道家)에서, '하느
    님'을 이르는 말.
305) 몽중설화(夢中說話). 꿈 속에서 이야기를 나눔.
306) 역력(歷歷). 자취나 기미, 기억 따위가 환히 알 수 있게 또렷하다.

'젼일 졀도로 올 쩍에 션관이 일우기을, 칠월망일 다시보즈 언약ㅎ엿고, 간밤 꿈이 여츠ㅎ니, 이제 병들어 타힝에 고혼이 될지라.'307)

"우리 부자 희외 말니에 무사이 득달허문 도시 도사공 은혜라. 늬 이제 병들어 회춘308)ㅎ기 얼여온지라. 간밤 몽사 여츠ㅎ니 장츠 세상을 이별할지라. 너는 슬어말고 고힝 싱각도 말며, 나 죽은 후에 도인309) 와셔 찻거든 도인에 말듸로 하라. 늬에 유연310)을 어기면 평싱 원을 이우지 못할거시니, 부

30쪽

듸 신쳥311)ㅎ여 이후 소원을 일우고, 고향에 도라갈진듸 ㅎ북 두즈스 차자가면 너 모친에 소식을 알이라. 너 못친과 아즈을 이별ㅎ고 다시 만나볼가 ㅎ여든니 지금 타힝고혼니 되여도다. 외로온 쳐와 어린 즈식을 보지 못ㅎ고 구쳔에 도이가니 혼빅312)인들 엇지 눈을 깜우리요. 너는 저 노복을 거늘이고 조희 잇시라."

ㅎ고, 힝수을 들어 모욕ㅎ고 의관 졍죄313)ㅎ고 세상을 발인이 엇지 슬푸지 아니할이요. 현이 신체을 붓들고 졍신니 아득하고 듸셩통곡 왈,

"부친이 니제 기세314)ㅎ시니 소자는 누을 이지ㅎ오며, 그리든 모친임을 무슴 면목으로 뷔올잇가. 소즈도 죽어 혼빅을 위로하고져 ㅎ나이다."

더옥 기절이통ㅎ니 보는 사람이 뉘안이 슬어할이요. 이쩍에 싱셔 나히

---

307) 필사과정에서 내용일 누락된 부분. 상서가 자신의 죽음을 예감하고 아들을 부르는 부분이 누락된 채, 아들에게 하는 유언으로 이어지고 있다.

308) 회춘(回春). 중한 병에서 회복되어 건강을 되찾음.

309) 도인(道人). 도사(道士). 도를 갈고 닦는 사람.

310) 유언(遺言). 죽음에 이르러 말을 남김. 또는 그 말.

311) 신쳥(信聽). 믿고 곧이들음

312) 혼백(魂魄). 넋

313) 의관정제(衣冠整齊). 옷을 격식에 맞게 차려입고 매무시를 바르게 함.

314) 기세(棄世). 세상을 버린다는 뜻으로, 웃어른이 돌아가심을 이르는 말.

삼십칠세라. 현과 노복니 신체을 붓

들고 통곡 왈,

"부친니 천심만고[315] 하여 이곳 왓싸다가, 무양하물 천만 바라드니, 불힝 하여 희외말이에서 세상을 발이신니, 타일에 무삼 면목으로 고힝에 도라가 모친에 썩은 간장을 엇지다 층양하리잇가."

하며 혼절[316]하니, 듣는 사람과 보는 사람 다 눈물 안이 흘리리 업드라. 관곽[317]을 갖초고 설영산에 안장[318]하고 노복으로 더부려 조석으로 서려하드라.

그러구리 춘삼월이라. 하탐으로 가는 비을 구하드니[319], 일일은 한 도인이 존문[320]을 청하거늘, 현니 힝불[321]을 갖초고 노인게 조문을 맛친 후에, 노인니 왈,

"너(가) 말이에 부친을 일코 슬푼 마음 엇지 다 칭양할야. 너는 나을 짤아 가면 엇더한요?"

현이 왈,

"노인에 말삼은 빅골난망[322]이오나, 소자 부친을 모시고 이곳에

---

315) 천신만고(千辛萬苦). 천 가지 매운 것과 만 가지 쓴 것이라는 뜻으로, 온갖 어려운 고비를 다 겪으며 심하게 고생함을 이르는 말.
316) 혼절(昏絶). 정신이 아찔하여 까무러침
317) 관곽(棺槨). 시체를 넣는 속 널과 겉 널을 아울러 이르는 말.
318) 안장(安葬). 편안하게 장사 지냄.
319) 意味不詳.
320) 조문(弔問). 남의 죽음에 대하여 슬퍼하는 뜻을 드러내어 상주(喪主)를 위문함. 또는 그 위문.
321) 향(香)불. 향화(香火). 향을 피운다는 뜻으로 제사를 이르는 말.
322) 백골난망(白骨難忘). 죽어서 백골이 되어도 잊을 수 없다는 뜻으로, 남에게 큰 은덕을 입었을 때 고마움의 뜻으로 이르는 말.

32쪽

왓쓰다가 부친을 일쓰고, 사고무친쳑[323]흔 곳에 부친의 히골을 발이고 디인을 쌀아 가오면 엇지 흐날이 무심할잇가. 디인에 말삼을 봉힝[324]치 못할인이다. 죄스무셕[325]이로소이다."

노인니 왈,

"기특흐다 현아. 나을 쌀아가셔 도을 비와 부친이 원슈을 갑고 영화로 고향에 도라가 모친을 위로하라,"

한디, 장현이 양구[326]에 듯다가, 부친의 유언을 싱각흐고 디 왈,

"소즈 히남양순흐여 입쓰다가 불힝하여 부친을 이곳셔 여히고, 즉귀여[327] 고혼을 위로코져 흐옵든니, 디인는 어디 이시며, 존호[328]을 뉘라 하시는잇가?"

흔디, 노인니 왈,

"난는 빅운산에 잇는 션싱이라. 너을 위흐여 나와시니 잔말[329]말고 한가지로 힝흐자."

흐니, 장현이 일어 지비[330] 왈,

"소즈는 진세범인[331]이라. 엇지 션싱을 알이요

---

323) 사고무친척(四顧無親戚). 의지할 만한 친척이 아무도 없음.
324) 봉행(奉行). 웃어른이 시키는 대로 받들어 행함.
325) 죄사무석(罪死無惜). 죄가 무거워서 죽어도 안타깝지 아니함.
326) 양구(良久)히. 시간이 꽤 오래게.
327) 지키어. 묘 옆을 지키어.
328) 존호(尊號). 남을 높여 부르는 칭호.
329) 쓸데없이 자질구레하게 늘어놓는 말.
330) 재배(再拜). 두 번 절함. 또는 그 절.
331) 진세범인(塵世凡人). 인간세상에 사는 평범한 사람.

33쪽

　부친 빅무332) 지하여 가 게시니, 일편단신에 밋친 원을 풀지 못하옵고 세상을 이별하여싸오나, 이제 딕인이 달여다가 도술을 가우쳐, 부친에 원수을 갑고 고힝에 도라가 즈친을 다시 보라ᄒ신니, 수화333) 즁인들 엇지 식양ᄒ올잇가."

ᄒ고, 노자 츙낭을 불너 왈,

　"너는 부친에 영제334)을 모시고 나 도라오기을 기다려, 한가지로 부친에 고혼을 모시고 도라가, 모친을 위로ᄒ고 권즈경의 간을 닉여 부친 신위335) 젼에 제스336)하여 죄을 만분지일이나 면ᄒ가 하노라. 너는 충호을 다ᄒ여 나 도라오기을 기달이라. 나는 도인을 쌀아가 도술을 빅와 공을 일울 거시니, 너는 영제을 즉키라."

ᄒ고, 영제 젼 나가 통곡하즉337)허고 노복을 이별할 시, 써나는 정을 이기지 못ᄒ여 츙낭이 통곡 왈,

　"공즈는 무심ᄒ 세월을 보닉지 마

34쪽

　옵고, 공즈와 모친임을 영화로 보게 ᄒ소셔. 소인는 이곳셔 죽싼온들 영제을 써나올잇가. 밧비 션싱을 짜라 가옵소셔." 노주 셔로 붓들고 이통하다가 이별하고 션싱을 쌀아 산즁으로 힝한이라.

---

332) 百無. 아무 것도 없는.
333) 水火. 매우 곤란한 환경을 비유적으로 이르는 말.
334) 영제(靈祭). 법사(法事)나 추선 공양 따위의 제사.
335) 신위(神位). 죽은 사람의 영혼이 의지할 자리. 죽은 사람의 사진이나 지방(紙榜) 따위를 이른다.
336) 제사(祭祀). 신령이나 죽은 사람의 넋에게 음식을 바치어 정성을 나타냄. 또는 그런 의식.
337) 통곡하직(痛哭下直). 크게 소리내어 울며 웃어른께 작별을 고함.

각설 천즈 ㅎ교338)ㅎ사 성인군즈339)을 엇고져하여 문무과거을 뵈일 식, 각도각읍340)에 힝관341)한이라. 잇찍 장영이 모친을 모시고 두즈스을 정성으로 섬기든니, 즈스 장영을 불너 왈,

"너 연광342)이 츄고 직조 유에343)ㅎ니 선도을 빗닉게ㅎ라. 이제 천즈 ㅎ교하여 과거을 뵌다 ㅎ니, 밧비 장안으로 올나가 공명344)을 세워 세상에 현달345)케하라."

영이 답 왈,

"타힝에 외온 몸이 딕인에게 은덕도 과만346)하거늘 과거을 발아잇가?"

"불연타.347) 닉 중안에 왕닉하기을 염예ㅎ건이와 엇지 기세348)을 근심할이요. 스람니 세상

35쪽

에 처ㅎ여 입신양명349)ㅎ고 이현부즈350)ㅎ는 거시 쩌쩌한 일이어날 타힝에 사고무척한만351) 싱각ㅎ고 부모에 영화을 싱각지 안이할이요. 맛비 올나가 일홈을 용방352)에 빗닉게 ㅎ라."

---

338) 하교(下敎). 전교(傳敎). 임금이 명령을 내림. 또는 그 명령.
339) 성인군자(聖人君子). 성인과 군자를 아울러 이르는 말.
340) 한 곳노 빠짐 없이 모든 곳에.
341) 행관(行關). 동등한 관아 사이에 공문을 보내던 일.
342) 연광(年光). 젊은 나이.
343) 유여(有餘)하니. 여유가 있으니.
344) 공명(功名). 공을 세워서 자기의 이름을 널리 드러냄. 또는 그 이름.
345) 현달(顯達). 벼슬, 명성, 덕망이 높아서 이름이 세상에 드러남.
346) 과만(過滿). 분수에 넘치다.
347) 불연(不然)하다. 그렇지 않다.
348) 기세(棋勢). 바둑이나 장기 따위에서, 승패의 형세.
349) 입신양명(立身揚名). 출세하여 이름을 세상에 떨침.
350) 立身行道 揚名於後世 以顯父母 孝之終也(〈孝經〉, 開宗明義章 第一)
351) 사고무친(四顧無親)함만을.

인ᄒ여 인마353)와 힝장 주며

"밧비 상명354)하라."

흔듸, 영이 모친게 들어가 알인듸, 부인 이 말을 들어시고,

"ᄌᄉ의 은혜은 빅골난망이라."

ᄒ고 즉시 셔간을 닥가 두을355) 주며 왈,

"샐이 장안으로 올나가 이후을 차즈가셔 이 셔간을 들이고, 한나는 양쳐육을 ᄎᄌ가 이 셔간을 들이라."

ᄒ고, 지슘 당부ᄒ여 보닉이라. 잇쩍에 셕달만에 득달하여 이후을 차즈 명첩을 들인듸, 이후 왈,

"공즈 어듸 살며, 뉘집 자손인다?"

영이 답 왈,

"소즈는 이부상셔 장진셩에 차즈 영이로소이다."

ᄒ고, 모친의 셔간을 들이거늘, 이후 바다보니 그 셔

36쪽

에 ᄒ여스되,

'이부상셔에 장진셩에 쳐 양씨는 돈슈빅비ᄒ옵고 이후좌ᄒ에 올이옵난이다. 이후에 은혜로 죽을 목심이 욕을 피ᄒ여 지금가지 부지하여싸오나, 아즈 영을 장안에 보닉온니 권젹356)에 두번 죽을 익을 구하여 주옵소셔. 빅골난망지은을 금세에 다 갑지 못할가 ᄒᄂ이다. 몸이 여즈된 타시로 구천에 사뭇찬 은혜을 치하치 못ᄒ오니, 타일에 슝공니 돌아오시면 치ᄒ하려ᄒ온

---

352) 용방(龍榜). 문과를 지칭하는 말.
353) 인마(人馬). 마부와 말을 아울러 이르는 말.
354) 상경(上京)의 誤記
355) 두 개를.
356) 권적(權敵). 권각로를 지칭하는 말.

니, 여ᄌᆞ 돌니[357]에 ᄉᆞ례가 미안ᄒᆞ기로 ᄃᆡ강 알이옵난이다.'

이후 보기을 다ᄒᆞ고, 장영에 손을 잡고 체읍 왈,

"영아. 네의 부친은 적소에 이별한 줄을 알건이와 그ᄉᆡ에 무양ᄒᆞᆫ냐? 너을 보미 반갑고 슬푸다. 지금 알셩[358]을 뵈인이 ᄂᆡ집에 머물다가 과거ᄒᆞ여 일홈을 빗ᄂᆡ라. 권강노 만일 알면 반

37쪽

다시 ᄒᆡ허릿ᄀᆞ.[359] 급변 창방[360]ᄒᆞ면 졸연[361]니 ᄒᆡ치 못할 거시요, 천ᄌᆞ 아옵시면 더옥 ᄒᆡ치 못할거시니, 아즉 은신하여다가 조흔 ᄯᆡ을 기다리라." ᄒᆞ고, 사랑하기을 친ᄌᆞ식갓치 ᄒᆞᆫ니, 이후게 엿자오되,

"이부상셔 양쳐육 ᄯᆡᆨ이 어ᄃᆡ신잇가? 찻고져 ᄒᆞ나이다."

이후 왈,

"이부상셔 양쳐육은 너의 외조부라. 이제 그 아들이 울남절도ᄉᆞ[362]로 가시니 ᄎᆞᄌᆞ가도 보지 못하리라. 과거ᄒᆞ여 베실하면 고힝으로 도라갈 제, 울남을 차ᄌᆞ가라. 울남니 경셩셔 삼쳘이라. 엇지 갈손야. 아즉 여게 잇다가 천은을 기다려 원수을 갑고 모친을 모시고 도라가면 안이볼아.[363] 과거을 기다리라."

즉일 이후 조회에 영들어 일우ᄃᆡ,

"황제 알셩을 뵈와 천ᄒᆞ인직 구ᄒᆞ려ᄒᆞ고 명일

---

357) 도리(道理)에. 사람이 어떤 입장에서 마땅히 행하여야 할 바른 길.

358) 알성시(謁聖試). 조선 시대에, 임금이 문묘에 참배한 뒤 실시하던 비정규적인 과거 시험.

359) 해할 것이다.

360) 창방(唱榜). 방목(榜目)에 적힌 과거 급제자의 이름을 부르던 일.

361) 졸연(猝然). 쉽게 할 수 있는 상태에 있음.

362) 운남지방의 절도사. 절도사(節度使). 중국 당나라 때에, 변방에 설치하여 군대를 거느리고 그 지방을 다스리던 관아. 또는 그 으뜸 벼슬.

363) 아니 보랴.

딕명전에 전좌ᄒ고 할거시니, 너도 장중에 들어가 즉시 글을 지여 밧치라."

ᄒ고, 명지364)을 준비ᄒ여 주거늘, 영니 노ᄌ로 더부려 장중365)에 들어가 직시 글을 지여 바치고 돌아왓든니, 이후 왈,

"글을 지여 밧쳣는다?"

영이 답 왈,

"글을 지여 밧치여스나, 엇지 창방ᄒ기을 발아잇가."

이후 하인을 보닉여 딕방366)ᄒ드라. 잇쩍에 천자 영으 글을 보시고 딕경 층찬 왈,

"이 글을 본니 사기367) 절묘한니, 필볍368)니 비층ᄒ니, 이두369)을 비견370) ᄒ니, 반다시 츙효을 겸전ᄒ 사람이라."

ᄒ고, 천자 친니 츙방ᄒ이,

"하남 장지셩에 ᄎᄌ 영이요, 연이371) 십육세라."

하여거늘, 천자 층찬ᄒ시고 실닉372)을 청ᄒ거늘, 이후딕 ᄒ인이 도라와 이후게 고 왈,

"딕에 오신 공ᄌ 장원급제373)ᄒ와 실닉을 직촉ᄒᄂ이다. ᄲᆯ이 가옵소셔."

---

364) 명지(名紙). 시지(試紙). 과거 시험에 쓰던 종이.
365) 장중(場中). 과거를 보던 과장(科場)의 안.
366) 대방(待榜). 방 붙기를 기다리다.
367) 사기(詞氣). 문장에 나타난 기품.
368) 필법(筆法). 글씨나 문장을 쓰는 법.
369) 이두(李杜). 이백과 두보를 아울러 이르는 말.
370) 비견(比肩). 앞서거나 뒤서지 않고 어깨를 나란히 한다는 뜻으로, 낫고 못할 것이 없이 정도가 서로 비슷함을 이르는 말.
371) 연(年)이. 나이가.
372) 신래(新來). 과거에 급제한 사람.
373) 장원급제(壯元及第). 과거에서, 갑과의 첫째로 뽑히던 일.

ᄒ거늘, 영이

39쪽

말을 듯고 궐ᄂㅣ에 들어간이, 쳔ᄌ 보시고 두변 진퇴하다가[374] 즉시 할임겸 학ᄉㅣ이부상셔[375]을 제수[376]ᄒ시고, 영의 손을 잡고 탄식 왈,

 "짐니 불명ᄒ여 장진셩을 졀도에 원찰ᄒ여스니, 짐이 ᄆㅣ일 장진셩을 싱각ᄒ든이, 오날날 경을 보니 엇지 창괴[377]치 안이할이요. 경은 부형에 츙효을 본바다 짐을 도으라."

한니, 쳔은을 축ᄉ[378]ᄒ고 물너나온니, 어젼 장인[379]이며 할임원 하인[380]들이 좌우에 옹위ᄒ여, 중안 ᄃㅣ도상으로 쌍홍기[381]을 밧치고 금안준마상에[382] 두러시 안져 청주후 이운경 집으로 도라가니, 굿보든 사람이 뉘안이 층찬하리요. 이후 중문에 나와 실ᄂㅣ을 진퇴ᄒ다가, 할임의 손을 잡고 중당에 들어가 탄식 왈,

 "장상셔 게셔든면 금일 영화을 엇지다 층양ᄒ리

---

374) 신래를 불리던 일. 예전에, 과거에 급제한 사람을 선배들이 축하하는 뜻으로, 그의 얼굴에 먹으로 그림을 그리고 앞으로 오랬다 뒤로 가랬다 하며 괴롭히던 일을 이름.
375) 한림학사 겸 이부상서일 듯. 한림학사(翰林學士). 중국 딩나라 ᄯᅢ에, 한림원에 속하여 조칙의 기초를 맡아보던 벼슬.
376) 제수(除授). 천거에 의하지 않고 임금이 직접 벼슬을 내리던 일.
377) 참괴(慙愧). 매우 부ᄁ러워함.
378) 축수(祝手). 두 손바닥을 마주 대고 빎.
379) 어전장인(御殿匠人). 임금이 있는 궁전에 속해 있는 장인.
380) 한림원하인(翰林院下人). 중국 당나라 중기 이후에 주로 조서(詔書)를 기초하는 일을 맡아보던 관아에 속해 있는 하인.
381) 홍개(紅蓋). 붉은 사(紗)로 만든, 양산 모양의 의장. 문과에 장원 급제를 한 사람에게 내려 유가(遊街)할 때 앞에 세우고 다니게 하였다.
382) 금안준마상(金鞍駿馬上)에. 안장을 얹은 좋은 말 위에.

요만는, 수로 말이에 고혼이 되여스니, 슬푸다, 이제 하북으로 날여가 모친을 위로ᄒ고, 날과 한가지로 절도에 들어가 상서의 고혼 위로ᄒ고, 도라와 권ᄌ경의 원수을 갑푸리라.”

ᄒᄃᆡ, 할임이 ᄉᆡ로니 부친을 ᄉᆡᆼ각ᄒ고 슬어하기을 마지안이 ᄒ니, 이후 영을 위로하여 진정한 후에, 듸연을 비셜ᄒ고 삼일을 질기다가 파연하고, 이후 가우ᄃᆡ383)

“네 이제 하북으로 ᄲᆞᆯ이 날여가 부이을 위로하여 기다리미 업게하라.”

ᄒ니, 영이 즉시 탑젼에 상소을 올여시되,

‘할임학ᄉ 자영은 돈슈빅ᄇᆡ 하옵고 황상 탑하에 올이옵난이, 신의 어미 지금 하북 두ᄌᄉ 집에 의탁ᄒ여ᄊᆞ온이 날여가 어미 기다리미 업게 ᄒ오며, 두ᄌᄉ 은혜을 만분지 일니나 갑ᄊᆞ올가 하나이다. 슈유384)을 한하여 주옵소셔.’

ᄒ여드라. 상이 보시고 일

변 유예385) ᄒᄃᆞ이,

“네 ᄌ모을 모시고 장안에 들어와 짐을 도우라.”

하시니, 할임이 쳔은을 축ᄉ ᄒ고 하북으로 ᄒᆡᆼ하다가, 그젼 잇든 본가을 차자 들어가니, 산천초목과 금슈들이 반기는 듯 하드라. 점점 드러간이 화게386)에 초목니 무셩387)하고 장원388)니 퇴락389) ᄒ여드라. 더옥 슬푸믈 이

---

383) 가로되. 말하되.
384) 수유(受由). 말미를 받음. 또는 그 말미.
385) 유예(猶豫). 망설여 일을 결행하지 아니함.
386) 화계(花階). 화단(花壇).
387) 무성(茂盛). 풀이나 나무 따위가 자라서 우거짐.

기지 못ㅎ여, 사당 압퍼 통곡 지비ㅎ고 영낭을 붓들고 이통 왈,

"그시 무양ㅎ냐? 너을 집을 맛기고 모친을 모시고 도망ㅎ여 ㅎ북 두즈스 집에 의탁ㅎ여다가, 쳔은을 입쓰와 할임학스겸 이부상셔 ㅎ여시니, 쳔은을 축사ㅎ고 상소을 올여 수유을 웃고 본가을 차즈 션영에 불효을 발킬가 왓난이, 나는 양부인에 츠즈 영이라."

ㅎ고, 슬어하기을 마지안이ㅎ거늘, 영낭니 학스에 옷기셜 붓들고 통곡하다가 기절ㅎ거늘, 학스 구하여 인사을

42쪽

찰인 후에 왈,

"모든 시비와 유모을 이별ㅎ지 슙연에, 오날날 만나보니 쳔힝이어늘 엇지 명을 발이고져 하는요."

영낭이 정신을 차려 왈,

"소녀을 맛기고 탈신피욕³⁹⁰⁾하여는 상공과 ㅎ가지로 가려ㅎ여 쑵든이, 부인이 소비로 집을 즉키라 하옵신니 소비도 집을 발이고 쌀아가은 즉, 집 즉킬 스람도 업슬 분들어³⁹¹⁾, 상공이 도라오시면 심사³⁹²⁾ 불평하실 거시오, 조셕힝화가 쓴칠듯 하기로, 소비 십연츙광³⁹³⁾을 눈물노 보닉여 화초월셕³⁹⁴⁾에 사당문을 의지ㅎ여 안이 울 날 업쑵고, 기소리 나면 셩공을 안이 싱각할 씩 업쑵든니, 오날 상공부즈는 안이오시고, 소즈군³⁹⁵⁾이 몸에 금딕

---

388) 장원(牆垣). 담.
389) 퇴락(頹落). 낡아서 무너지고 떨어짐.
390) 탈신피욕(脫身避辱). 몸을 빼어 욕을 면함.
391) 뿐더러.
392) 심사(心思). 어떤 일에 대한 여러 가지 마음의 작용.
393) 십년춘광(十年春光). 春光은 젊은 사람의 나이를 문어적으로 이르는 말. 10년 세월.
394) 화조월석(花朝月夕). 꽃 피는 아침과 달 밝은 밤이라는 뜻으로, 경치가 좋은 시절을 이르는 말. 여기서는 '밤낮으로'의 뜻으로 사용.

을 쒸고 홍포옥듸396)로 쌍기397)을 밧치고 문호을 빈닉니, 영화을 엇지다
층양하올잇가마는, 공주와 승상에 소식니 영절398)ᄒ오니 오미불망399) 하든
차에, 엇지 온젼ᄒ올잇

가."

식로니 왕수400)을 싱각ᄒ고 노쥬 셔로 붓들고 통곡하니, 스람은 식롭고
초목금수 다 슬어ᄒ드라. 하인등이 구하여 정신을 진정ᄒ여, 선영에 소
분401)ᄒ고, 영낭을 불너 일가친쳑을 청ᄒ여 듸연을 빈셜ᄒ고, 서로 붓들고
일히일비402)ᄒ여 반기미 비할듸 업드라. 듸연을 파ᄒ고 영낭을 불너 집을
맛기고 ᄒ북으로 간이.

각설 부인이 영을 장안에 보닉고 날노 기다리든니, 일일은 일몽을 으든니
영이 청용타고 ᄒ날노 올나가거늘, 놀나 씨달은니 몸이 썰이고 기운이 불평
ᄒ지라. 두주스게 몽수을 기록하여 보닉니, 주주 보시고 왈,

"청용을 타고 하날노 올나가 뵈인니, 일정 청운403)에 올은 ᄒ나이다. 염

---

395) 소주군(小主君). 소주인(小主人). 주인의 아들을 일컫는 말.

396) 홍포와 옥대. 홍포(紅袍). 조선 시대에, 삼품 이상의 벼슬아치가 입던 붉은색의
예복이나 도포. 옥대(玉帶). 임금이나 관리의 공복(公服)에 두르던 옥으로 장
식한 띠.

397) 쌍홍개(雙紅蓋).

398) 영절(永絶). 소식이나 관계 또는 생명이나 혈통 따위가 영원히 끊어져 아주
없어짐.

399) 오매불망(寤寐不忘). 자나 깨나 잊지 못함.

400) 왕사(往事). 지나간 일.

401) 소분(掃墳). 오랫동안 외지에서 벼슬하던 사람이 친부모의 산소에 가서 성묘하
던 일.

402) 일희일비(一喜一悲). 한편으로는 기뻐하고 한편으로는 슬퍼함. 또는 기쁨과
슬픔이 번갈아 일어남.

403) 청운(靑雲). 높은 지위나 벼슬을 비유적으로 이르는 말.

예 마옵소셔."

하여거늘, 부인이 자사의 회답을 보시고 노주 셔로 깃거ᄒ드라. 문득 문박
게 할임에 하인404)이 왔다 ᄒ거늘, 부인이 놀나 충낭을 불너

44쪽

ᄌᄉ게 무르라 ᄒ니, 충낭이 셔당에 나와 ᄌᄉ게 뭇ᄌ온딕, ᄌᄉ 셔간을
쥬며 왈,

"공ᄌ 장원급제ᄒ여 할임으로 온다 셔간이 왓시니 부인게 밧비 들이라."

ᄒ딕, 시비 츙낭이 가지고 들어와 부인게 들이며, 차이405)을 고ᄒ딕, 부인
이 딕경 왈,

"니 윗잔 말이야."

ᄒ고 셔간을 써여보니 하여시되,

'소ᄌ 영은 빅비ᄒ옵고 모친슬하에 올이옵나니, 천은이 망극하와406) 금변
장원급제 ᄒ옵고, 할임학ᄉ겸 이부상셔을 제수ᄒ옵신고로, 천은을 축ᄉᄒ
옵고 날여오다가, 본가 셜영에 알셩ᄒ옵고, 유모 영낭을 만나 그리든 회포
을 다ᄒ지 못ᄒ고, 모친 실하에 뵈옵기을 일각니 여ᄉ츄 갓ᄊ온이, 다시
집을 직키라 ᄒ옵고, 밧비 날여가온이, 부인는 진정ᄒ옵소셔.'

하여ᄃ라. 부인이 보기을 다ᄒ고 영낭을 붓들고 승상과 현을 싱가ᄒ고 왈,

"상

---

404) 한림원의 하인.
405) 차의(此意). 이 뜻.
406) 망극(罔極)하여. 임금이나 어버이의 은혜가 한이 없어서.

공과 현니 잇드면, 오날 즈식이 청운에 올나 외로온 어미을 깃부게 하리요."

ᄒ면, 츙낭으로 하여금 서간을 즈ᄉ게 들인딕, 즈ᄉ 바다보고 왈,

"천도 무심치 아니ᄒ사 승상틱게 밋나게 되여 말이 슈료 원수을 갑게 하미로다."

하시고 즉시 동족407)과 각쳐 빈긱408)을 청ᄒ여 할임을 기다리드라. 잇씍에 할임이 문에 일으어 모친게 뵈온니, 부인이 반기며 일변 영의 손을 잡고 왈,

"너 입신하여 일홈니 나라에 빗닉고 조정에 현달ᄒ니 이는 즈ᄉ의 은혜라. 반야삼경에409) 욕을 피ᄒ여 도망ᄒ여 일이 되문 이후에 은덕이요, 욕면ᄒ여 평안니 의탁ᄒ기는 두자ᄉ에 은혜라. 만일 이 두 사람니 안이면 엇지 영화을 보리요."

하고, 할임을 다리고 즈ᄉ 압펴 나아가 치사 왈,

"금일 영화 보기는 도시 즈ᄉ의 은혜온이 엇지 다 갑ᄊ올잇

가? 발아건딕 틱인는 소즈을 위ᄒ여 장안에 올나가ᄉ이다."

한딕, 즈ᄉ 왈,

"금일은 할임을 위ᄒ는 날이라. 타일으 회할연이와410) 엇지 치ᄒ할이요."

ᄒ고, 즉시 틱연을 빅셜ᄒ고, 즈ᄉ와 부인을 모시고 연석에 질기미 층양 업드라. 만좌빈긱411)이 다 갈우되,

---

407) 동족(同族). 동종(同宗). 한 조상에서 내려온 성과 본이 같은 일가(一家).
408) 빈객(賓客). 귀한 손님.
409) 半夜三更에. 한밤중에.
410) 다른 날에 의논하려니와.

"천ᄌ라도 이에서 더할이요."

ᄒ드라. 종일토록 질기다가 파연ᄒ고 빈긱이 다 혀여진이라.

각셜 할임이 슈유ᄒᆫ 날이 다다우미 중안으로 올나가고져 ᄒ드라. 잇ᄯᅥ에 울남 절도사에 장문[412]이 올나왓스되,

'호왕니 북흉노[413]와 셔쳔을 거늘여 되병을 몰아 양졍을 쳐 웅거[414]ᄒ여다 ᄒ니 밧비 되병을 조발[415]ᄒ여 막으소셔.'

ᄒ여거늘, 천ᄌ 보시고 되경ᄒᆞ사, 즉시 제신을 모으사 이논하실 시,

"니제 흉노 함역[416]ᄒ여 즁국을 침범ᄒ니 그 형세[417] 적지 안이 한지라. 밧비 군마[418]을 총독

47쪽

하여 막으라."

ᄒ고,

"각쳐 수문장을 모으라."

ᄒ신되, 권강노 출반주[419] 왈,

"할임학ᄉ 장영이 문무겸젼[420]ᄒ온이 도총독을 증하여 도적을 막으소

---

411) 만좌빈객(滿座賓客). 자리를 가득 채운 귀한 손님.

412) 장문(狀聞). 장계(狀啓)를 올려 임금에게 아룀. 또는 그 글.

413) 흉노(匈奴). 중국의 이민족인 오호(五胡) 가운데 진(秦)나라·한(漢)나라 때에 몽골 고원에서 활약하던 기마 민족. 기원전 3세기 말에, 묵돌 선우가 모든 부족을 통일하여 북아시아 최초의 유목 국가를 건설하고, 최성기(最盛期)를 맞이하였으나, 한(漢)나라 무제의 잦은 침공으로 쇠약해져, 1세기경 남북으로 분열되었다.

414) 웅거(雄據). 일정한 지역을 차지하고 굳게 막아 지킴.

415) 조발(調發). 군사로 쓸 사람을 강제로 뽑아 모음.

416) 합력(合力). 흩어진 힘을 한데 모음. 또는 그렇게 모은 힘.

417) 형세(形勢). 기세(氣勢).

418) 군마(軍馬). 군사와 말이라는 뜻으로, '병력'을 이르는 말.

419) 출반주(出班奏). 여러 신하 가운데 특별히 혼자 나아가 임금에게 아룀.

셔.”

한이, 천ᄌ 갈아ᄉᄃᆡ,

“즁영이 연소하여421) 병법을 아지 못할가 하노라.”

강노 소 왈,

“영이 비록 연소ᄒᄂᆞ 밧비 군병을 일우어 보ᄂᆡ옵소셔.”

한ᄃᆡ, 천ᄌ 적세 급하시믈 근심ᄒᆞᄉᆞ, 즁영으로 도독422)을 봉하고, 제장을 각각 소임을 증ᄒᆞ고, 천ᄌ 친이 군ᄉᆞ을 거늘여 접전423)할여 갈 ᄉᆡ, 운무쌍에 ᄃᆡ진424)ᄒᆞ고 적세을 탐지하드니, 변성틱슈 군을 거늘여 왓거날, 천(자) 급피 ᄉᆞ십육군장을 명ᄒᆞ여 막으라 하시고, 군ᄉᆞ을 지촉하여 동관으로 쳥ᄒᆞ여 진을 졍제425)ᄒᆞ고 탐문한이 군ᄉᆞ 보하되,

“적병니 동관을 너머 섯다.”

하거늘,

48쪽

천ᄌ 들으시고 크게 근심ᄒᆞᄉᆞ, 제장으로 더부려 갈우사ᄃᆡ,

“이 도적을 졸연이 파치 못할거시니 이제은 경동426)치 말나.”

ᄒᆞ신ᄃᆡ, 제장이 영을 듯고 격서427)을 전ᄒᆞ니, 흉노 보고 ᄃᆡ로하여 왈,

“우리 ᄃᆡ병이 니르는 곳에 황복428) 안이할 이 업거늘, 져의 엇지 당할이 요.”

---

420) 문무겸전(文武兼全). 문식(文識)과 무략(武略)을 다 갖추고 있음.
421) 연소(年少)하여. 나이가 어려서.
422) 도독(都督). 군대를 통틀어 거느리고 감독하는 관직.
423) 접전(接戰). 경기나 전투에서 서로 맞붙어 싸움. 또는 그런 경기나 전투.
424) 대진(對陣). 적의 진과 마주하여 진을 침.
425) 정제(整齊). 정돈하여 가지런히 함.
426) 경동(輕動). 가볍게 행동함.
427) 격서(檄書). 격문(檄文). 군병을 모집하거나, 적군을 달래거나 꾸짖기 위한 글.
428) 항복(降伏). 적이나 상대편의 힘에 눌리어 굴복함.

격서을 응하여 션봉장 영으로 쓰오라 ᄒ드니, 명 진듕으로셔 졀통장군 위훈을 명ᄒ여 치라ᄒᄃᆡ, 영을 듯고 응셩츌마[429]ᄒ여 졉젼ᄒ드니, 불과 수 합[430]에 홀기 파ᄒ거늘, 위ᄒ니 크게 승셰[431]ᄒ여 ᄊᆞᆯ오며 호 왈,

　"홀긔야, 닷지말고 ᄌᆞ웅을 결ᄒᆞᄌᆞ."

ᄒ고, 군ᄉᆡ을 지촉ᄒ여 ᄊᆞᆯ오드니, 홀긔 ᄃᆡ로ᄒ여 말을 두우면 ᄃᆡ질[432] 왈,

　"너 이제는 ᄂᆡ 손에 죽도다."

ᄒ면 달여들어 십여 합에 승부 업드니, 위안이 졍신을 가다듬어 즁

49쪽

창을 빗게 들고, 말을 지촉ᄒ 홀긔을 벼히고져 ᄒ든니, 홀긔 ᄃᆡ로ᄒ여 위훈 에 탄 말을 활노 쏘와 걱구려치니, 위훈이 형셰 급훈지라. 후군장 셰필이 ᄂᆡ달아 홀긔로 더부려 ᄊᆞ와, 십여 합에 홀긔을 벼히고 본진으로 도라온니, 이젹에 쳔ᄌᆞ 양진 ᄊᆞ홈을 보다가 위훈에 급하물 보고 크게 근심ᄒ든니, 문 득 후군장 셰필이 ᄂᆡ달아 젹중의 머리을 벼히고 도라오심을 보시고 ᄃᆡ히ᄒ 여, 친이 원문[433] 밧게 나와 마지며 층찬ᄒ시물 마지 안이 ᄒ시드라. 젹진 즁에셔 홀긔 죽으물 보고 ᄂᆡ달아 크게 소ᄅᆡᄒ며,

　"악가 홀긔 죽인 장슈는 ᄲᅡᆯ이 나와 칼을 바드라."

ᄒ며, 진젼의 왕ᄂᆡᄒ며 쳔둥갓치 소ᄅᆡᄒ니 슌쳔이 문어지는 듯 하드라. 이 응빅이 듯고 나가고져 ᄒ든이, 위훈니

---

429) 응셩츌마(應聲出馬). 소리에 응하여 말을 타고 나감.
430) 합(合). 칼이나 창으로 싸울 때, 칼이나 창이 서로 마주치는 횟수를 세는 단위.
431) 승세(勝勢). 싸움에서 이기거나 어떤 일에 성공할 기세.
432) 대질(大叱). 크게 꾸짖어.
433) 원문(轅門). 군영(軍營)이나 영문(營門)을 이르던 말.

50쪽

웨여 왈434),

"장군은 분을 참우소셔. 소장이 나가 벼히리다."

ᄒ고, 응셩츌마ᄒ여 흉노로 더부려 싸호든이, 홍노 디로하여 왈,

"어린 아히 병법을 보고 진젼에 나와 싸오고저 ᄒ는다. 늬칼은 본듸 ᄉ졍이 업슨이, 늬칼 알에435) 혼빅이 되기 엇지 아니 가련치 안이할이요."

ᄒ며, 위훈을 싸오드니, 흉노 좌츙우돌436)하면 위한을 엄살437)ᄒ니, 위훈이 심을 다ᄒ여 싸오든이, 흉노 창을 빗게 들고 빅총마상에438) 나는다시 달여 들어 싸혼이439) 사람은 쳔신440)갓고 말은 비롱441)갓든니, 위훈이 기운이 쇠진442)ᄒ여 흉노에 칼이 번듯하면 위훈에 머리 츄풍닉업이라. 칼씻티 쉬여 들고 승세ᄒ여 ᄭᅮ지저 왈,

"명 진중에셔 늬의 적수 잇거든 ᄲᅡᆯ이 나와 승부을 결단하라. 오날날 너히을 벼히고 빅셩에 도탄443)을 덜고 중원을 평졍하리라."

51쪽

ᄒ면, 진젼에 왕늬ᄒ거늘, 천ᄌ 들으시고 중셔장군 마갈영을 명ᄒ여 싸호라 ᄒᆫ이, 마갈영이 응셩츌마하여 흉노로 더부려 접젼ᄒ든니, 홍노 말을 늬모라

---

434) 소리쳐서 말하기를.

435) 내 칼 아래에.

436) 좌충우돌(左衝右突). 이리저리 마구 찌르고 부딪침.

437) 엄살(掩殺). 별안간 습격하여 죽임.

438) 백총마(白摠馬). 백마(白馬).

439) 나는듯이 달려들어 싸우니.

440) 천신(天神). 하늘에 있다는 신 또는 하늘의 신령.

441) 비룡(飛龍). 하늘을 나는 용.

442) 쇠진(衰盡). 점점 쇠퇴하여 바닥이 남.

443) 도탄(塗炭). 진구렁에 빠지고 숯불에 탄다는 뜻으로, 몹시 곤궁하여 고통스러운 지경을 이르는 말.

크게 웨여 왈,

"너 형이 닉손에 죽어거든 너 진중에 나오기 두렵지 안이한야?"

셔로 싸와 수합 못되여 갈영의 머리을 벼히여 들고 진전의 왕닉ᄒ며 질욕444)하다가 본즌445)으로 도라간이, 호왕니 진박게 나와 마지며 왈,

"장군에 공은 천추에 유젼하리라."

ᄒ고, 당부 왈,

"명진 장수와 군마 만는이446) 경적지 말나. 병가승픠는 알기 어럽온지라 조심하라."

군수을 상사447)ᄒ고 흉노을 위로ᄒ니, 명진즁으로 즁슴즁군 왕세필을 명ᄒ여 나가 싸오라 ᄒ드니, 흉노 이예 세필이 나오물 보고 변창출마448)ᄒ여 꾸지저 왈,

"오날은 당당이 즁원449)을 증ᄒ리라. 적장은 썰

52쪽

니 나와 닉칼을 바드라."

ᄒ되, 세필이 되로ᄒ여,

"무도한 오랑기 천시을 모루고 외람이 즁원을 침노하기로, 천ᄌ 날노 ᄒ여금 너 죄을 물으라 ᄒ기로 왔ᄂ니, 썰이 니아 킬을 바드라."

ᄒ되, 흉노 되로ᄒ여,

"너 엇지 되적ᄒ리요. 너을 베히고 분을 풀이라."

ᄒ고, 달여 접젼ᄒ드니, 세필이 거짓 달아나거늘, 흉노 되로하여 급피 딸우

---

444) 질욕(叱辱). 꾸짖으며 욕함.
445) 본진(本陣). 본영(本營). 예전에, 지휘를 하는 본부가 있던 군영.
446) 많으니.
447) 상사(賞賜). 칭찬하여 상으로 물품을 내려 줌.
448) 번창출마(飜槍出馬). 창을 휘두르며 말을 내닫음.
449) 중원(中原). 경쟁하는 곳. 또는 정권을 다투는 무대.

드니, 세필이 말을 돌여 외여 왈,

"적장은 늬칼을 바드라."

ᄒ고, 셔로 ᄊ와 이십여합에 승부업드니, 흉노 디로ᄒ여 닷거늘, 세필이 ᄭ지져 왈,

"적장은 닷지 말고 늬칼을 바드라. 오날날 너 머리을 벼여 슘즁450)에 혼빅을 위로ᄒ고 쳔ᄌᄋ 분을 풀이라."

ᄒ고 ᄶᆞᆯ으드니, ᄒ곳에 일으어 흉노 말을 돌여 ᄭ지져 왈,

"늬 즁국을 십분에 구나 어더거늘 덧지 나을 당ᄒ리요."

ᄒ는

53쪽

소리, 좌우 복병이 늬달아 세필을 둘너 ᄊ고 고함ᄒ니, 뇌고함셩니451) 천지 진동ᄒ고 군ᄉ의 죽음이 틱ᄉᆞᆫ갓튼이, 세필이 분노ᄒ여 동을 힝ᄒ는 듯 서을 치고 남을 치고 북을 처드려간니, 일원틱즁이 길을 막고 외여 왈,

"범을 잡으리다 톡기을 잡으미라."

ᄒ고, 세필을 벼히고 모든 즁졸을 죽니고 횡힝ᄒ니, 군ᄉ으 죽엄이 틱산갓고 피흘너 강수 되여드라. 쳔ᄌ 세필으 죽엄을 보고 제장을 명ᄒ여

"ᄎᆞᄎᆞ 나가 ᄊ오라."

ᄒ니, 명진 즁수 연ᄒ여 칠즁니 죽고 틱진을 범ᄒ니, 쳔ᄌ 앙천탄 왈452),

"뉘 능이 흉노을 잡아 욕을 면할고."

제즁을 돌아본니 ᄒ나도 틱답ᄒ는 지 업는지라. 어언지간453)에 호왕이 군ᄉ을 거날여 즁원을 처드려가고, 흉노는 틱병을 거날여 전면을 처 그려

---

450) 이번 싸움에서 죽은 세 장수. 홀개, 위한, 마갈영을 이름.
451) 뇌고함셩(擂鼓喊聲). 북을 빨리 치는 소리와 여러 사람의 고함 소리.
452) 앙천탄왈(仰天嘆曰). 하늘을 쳐다보며 탄식하여 말하기를.
453) 어언지간(於焉之間). 어언간(於焉間). 알지 못하는 동안에 어느덧.

54쪽

온니, 제장이 만분 위틱454)혼지라. 딕도독 장영으로 진을 직키고 적장을 막든니, 호왕이 흉노로 함역흐여 크게 엄살혼니, 중영이 심을 다흐여 막든니 당치 못하여 다 도망혼니, 중영은 빅면서싱455)이라, 흉노의게 사로 잡핀지라.

이적에, 호왕이 천즈의 뒤을 짤우든니 흉노 호왕게 고 왈

"이제 즁국 딕도독을 사로 잡고 군수을 다 파흐여스니 엇지 즁국 웃기을 근심하리요."

흐고, 장영을 잡아 들여 쓸이고 딕질한니, 장영 굴치아니흐고, 쑤지저 왈,

"무도한 오랑키야. 천시을 몰으고 쳔도을 거역흐니 천즈 이제 피하여스나, 너 엇지 즁원을 당하리요. 늬 너게 접펴시나 늬 엇지 살기을 원흐여, 우리 인군을 비반흐고 기갓튼 너히게 무릅풀 쑬이요. 쌸이 죽기여 고혼이라도 우리 천즈게 뵈게흐라."

55쪽

흐고, 눈을 감고 다시 말을 아니한이, 호왕 딕로흐여,

"쌸이 늬여 벼히라."

흐니, 흔 징수 줄반구 왈,

"이 사람 발을 늘은이 지극한 충신이라. 만일 죽이면 천앙456)을 입으리라."

흔딕, 호왕니 양구의 왈,

"경에 말삼니 올타."

흐고, 즁군에 가두고 쳔즈 잡을 이논니 분분하드라.

---

454) 만분위태(萬分危殆). 어떤 형세가 마음을 놓을 수 없을 만큼 매우 위험함.
455) 백면서생(白面書生). 한갓 글만 읽고 세상일에는 전혀 경험이 없는 사람.
456) 천앙(天殃). 하늘에서 벌로 내리는 재앙.

각설 장현니 도실457)을 비온지 십여연이라. 일일은 부친을 싱각하고 심회을 중치458) 못ᄒᄃ니 홀연 창박게셔 은은이 불너 왈,

"장현아 지금 쳔운이 열여스니 구경ᄒ라."

ᄒ거늘, 현이 나가 보니 월식은 조요459)ᄒᄃ 쳔문460)을 살펴본이, 중국 제 중셩이 신지을 찌고461) 북방에 히미ᄒ여거늘, 중현이 싱각ᄒ되

'북흉노로 더부려 즁국을 침범하미라. 슬푸다. 전장기물462)이 업신463) 선싱게 물으니라.'

ᄒ든이, 션싱이 좀을 기여

56쪽

일어 안지며 왈,

"장현아 밤이 깁고 날이 발가오니 무슴 싱각을 하는요?"

ᄒᄃ, 현이 지빅 왈,

"소즈 쳔문을 보니 제장셩이 신지을 쩌나 싸오니 즁국에 위틱ᄒᆫ가 하ᄂ이다."

션싱이 답 왈,

"나도 쳔문을 보니 의셩이 츄미셩을 시살464)ᄒ이, 상제 노하ᄉ 의셩을 죄주어 인간에 두지 말나 ᄒ고, 의셩은 호왕에 주셩465)니요 츄미셩은 황제의 주셩이라. 이러함우로 즁국이 요란ᄒ여 쳔즈 접전ᄒ되, 즁국에 의셩을

---

457) 도술(道術)

458) 진정(鎭靜)하지. 격앙된 감정이나 아픔 따위를 가라앉히지.

459) 조요(照耀). 밝게 비쳐서 빛남.

460) 천문(天文). 우주와 천체의 온갖 현상과 그에 내재된 법칙성.

461) 신지(신지)를 떠나고. 신지(信地). 정해진 순찰 구역.

462) 전장기물(戰場己物). 전쟁터에서 소용되는 자기소유의 물건.

463) 필사과정에서 '업신'과 '선싱게' 사이에 내용이 누락된 듯 하다.

464) 시살(廝殺). 싸움터에서 마구 침.

465) 주성(主星). 점성술에서, 어떤 사람의 운명을 맡고 있는 별.

당할 중수 업셔, 흉노는 질약466)이 겸전ᄒ여 만인딕적할 용밍을 가저신이 국가 흥밍이 비조즉석467)이라. 지금 천즈 다현 중졸을 다 죽이고 딕픠하여 지금 음성으로 가시고, 장영은 흉노게 사로 잡픠고 목슘이 조모468)에 이슨이, 너 밧비 세상에 나가 슈직

을 안보ᄒ고 천즈을 모셔 금심을 덜고, 사제469)을 구ᄒ여 공을 일우워 원수을 갑고 모친을 위로ᄒ라. 닉 너을 위ᄒ여 전중에 짤아 위급함면 도을 거시이 밧비 나가라."

흔딕, 중연이 직비 왈,

"ᄂ고저 ᄒᄂ 전장기계470)가 업싸온이, 엇지 전장의 나가올잇가?"

션싱이 답 왈,

"엇지 전중기게을 근심할이요. 너의 빅온 직조는 육정육갑471)을 임이로 부리고, 신장 귀졸472)이면 풍운조화지법473)과 경천위지474)하는 직조면, 천운승통과 하달지리475)외 육도슘약476)을 무불통지477)한이, 용밍은 초픠

---

466) 지략(智略). 어떤 일이나 문제든지 명철하게 포착하고 분석·평가하며 해결 대책을 능숙하게 세우는 뛰어난 슬기와 계략.

467) 비조즉석(非朝則夕). 아침이 아니면 곧 저녁이라는 뜻으로, 시기가 매우 임박함을 이르는 말.

468) 조모(朝暮). 조석(朝夕). 썩 가까운 앞날을 이르는 말.

469) 사제(舍弟). 남에게 자기의 아우를 겸손하게 이르는 말. 여기서는 단순히 '아우'의 의미로 사용.

470) 전장기계(戰場器械). 전장에서 쓰이는 연장, 연모, 그릇, 기구 따위를 통틀어 이르는 말.

471) 육정육갑(六丁六甲). 둔갑술을 할 때에 부르는 신장(神將)의 이름.

472) 신장(神將). 신병(神兵)을 거느리는 장수. 귀졸(鬼卒). 온갖 잡스러운 귀신을 통틀어 하는 말이나, 여기서는 신병(神兵)의 의미로 사용.

473) 풍운조화지법(風雲造化之法). 바람이나 구름이 변화를 일으키게 하는 방법.

474) 경천위지(經天緯地). 온 천하를 조직적으로 잘 계획하여 다스림.

왕[478]과 관운중[479]이라도 두럽지 아니ᄒᆞ고, 도술을 제갈양[480]이라도 밋지 못할거시오, 용병하기 염예 업실거시니 엇지 기게을 근심하리요. 갑옷과 투고는 나희요왕이 가지고 세상의 나와잇고, 말은 동희용왕니 가지

58쪽

고 잇거늘, 동희용왕은 본심이 착하지 못ᄒᆞ여 정성이 부족하면 말도 엇지 못ᄒᆞ고 공영도 일우지 못할거시니 상가 조심하라."
ᄒᆞ면 언파[481]에 협실노[482] 들어가든이 한칼을 늬여 주며 왈,

"이 칼은 인간 보물이 안이라, 천궁조화로 된 거시니, 늬게는 이하고[483], 남에게는 희로온니, 일정 용금[484]이라. 이제 갑옷과 청총말[485]을 어드면 인

---

475) 상통천운 하달지리(上通天運 下達地理). 위로는 천체의 운행에 대해 통달하고, 아래로는 땅의 이치에 통달함.

476) 육도삼략(六韜三略). 중국의 오래된 병서(兵書). 《육도(六韜)》와 《삼략》을 아울러 이르는 말. 육도(六韜). 중국 주(周)나라 태공망이 지은 병법서(兵法書). 무경칠서의 하나로 문도(文韜), 무도(武韜), 용도(龍韜), 호도(虎韜), 견도(犬韜), 표도(豹韜)의 6장으로 되어 있으며, 6권 60편임. 삼략(三略). 태공망이 지은 병법서. 무경칠서의 하나로 노자(老子)의 사상을 기초로 하여, 정략(政略)·전략(戰略)의 도(道)를 서술. 상략(上略), 중략(中略), 하략(下略)으로 구성됨.

477) 무불통지(無不通知). 무슨 일이든지 환히 통하여 모르는 것이 없음.

478) 초패왕(楚霸王). '항우'를 달리 이르는 말.

479) 관우(關羽, ?~219). 중국 삼국 시대 촉한의 무장. 자는 운장(雲長). 장비, 유비와 의형제를 맺고 적벽전에서 조조의 군대를 격파하는 등 많은 공을 세웠으나, 뒤에 위나라와 오나라의 동맹군에게 패한 뒤 살해됨.

480) 제갈-량 (諸葛亮, 181~234). 중국 삼국 시대 촉한의 정치가. 자(字)는 공명(孔明). 시호는 충무(忠武). 뛰어난 군사 전략가로, 유비를 도와 오(吳)나라와 연합하여 조조(曹操)의 위(魏)나라 군사를 대파하고 파촉(巴蜀)을 얻어 촉한을 세움. 유비가 죽은 후에 무향후(武鄕侯)로서 남방의 만족(蠻族)을 정벌하고, 위나라 사마의와 대전 중에 병사함.

481) 언파(言罷). 말을 끝냄.

482) 협실(夾室)로. 곁방으로

483) 이(利)롭고.

간 적수 업실 거시니, 밧비 나가 공명을 일우라."

쏘, 츠[486]을 쥬며 왈,

"이거실 가지고 가다가 요긴흔 써의 씨라."

ᄒ고 힝이을 직촉하거늘, 현이 힝장을 수십하고 선싱을 하직하고 써난이라.
현이 산밧게 나와 흔곳질 다다르니, 빅발노인이 못가에 흔거이 안져 고기을
낙거늘, 현이 나가 지비 왈,

"낙양으로 가는 길을 갈으쳐 주옵소셔."

한듸, 노인이 들은체 안이ᄒ고 잠잠 하거늘, 다시 비러 왈,

"발

59쪽

아건듼 노인는 위급흔 길을 가르쳐 주옵소셔."

흔듸, 쏘 노인이 들은체 안이ᄒ고, 함준 말노써,

"세상을 안지 슈빅연이라. 아침은 고기낙고 저역은 순의 올나 고살이을
써거 조석잇고, 한거이 석승의 안저 날달여 뉘라셔 길을 문는요? 시장하여
말ᄒ기 실타."

ᄒ고,

"석상 저무남의 뉘라셔 치은 전힐이요. 현무선싱의 츠도 나울 위ᄒ로[487]
ᄒ라."

하거늘, 현이 그제야 싱각하되,

'션싱이 이별할 써에 요긴흔 써을 시라 하든 노인게 드리라 홈이라.'

ᄒ고, 노인 압퍼 나가 엿즈오되,

---

484) 용검(龍劍). 중국 옛 칼의 이름.
485) 청총마(靑驄馬). 총(驄)이말. 갈기와 꼬리가 파르스름한 흰말.
486) 차(茶).
487) 위로(慰勞). 따뜻한 말이나 행동으로 괴로움을 덜어 주거나 슬픔을 달래 줌.

"소즈 차을 가져와시니 더럽다 무옵시고 한씩 요기하옵소셔."

ᄒ고, 츠병을 들이고 양구이 읍[488]ᄒ고 셧든이, 노인이 그제야 일어나 안지며 왈,

"내 이것도듯."

하고,

"현무선싱이 날다려 일우되 '늬의 제즈 장현을 전장의 보늬니 갑옷과 투고을 쥬라' ᄒ

60쪽

드니 그듸가 장현안이냐?"

한듸, 장현이 지비 왈,

"소자가 과연 장현이로소이다."

한듸, 그제 차을 바다 마시고 장현의 손을 잡고 왈,

"나는 남희용왕일는이 그듸을 기다린지 올안지라."

동즈을 명ᄒ여 '투고와 갑옷슬 가저오라' ᄒ여 중현을 주며 왈,

"이 두 가지는 인간의 업는 보물이라. 입우면 창금이 들지 아니하고, 몸이 즈연 경ᄒ여[489] 만인듸적[490]할 것신이, 진실노 엇기 어러온지라, 공명을 일우워 도라올 길의 이 못 가온듸 두고 가르. 이제 용총말[491]을 으드면 세상의 적슈[492] 업슬 거신니, 쌜니 가 천즈을 모시고 스제을 구하라. 호왕은 볌인니 안이니 부듸 조심하라. 국가흥망이 조석의 이스니 쌜이 가라."

---

488) 읍(揖). 인사하는 예(禮)의 하나. 두 손을 맞잡아 얼굴 앞으로 들어 올리고 허리를 앞으로 공손히 구부렸다가 몸을 펴면서 손을 내림.

489) 경(輕)하여 져서. 가벼워져서.

490) 만인대적(萬人對敵). 모든 사람과 맞서 겨룸.

491) 용총마(龍驄馬). 용마(龍馬). 모양이 용 같다는 상상의 말. 또는 매우 잘 달리는 훌륭한 말.

492) 적수(敵手). 재주나 힘이 서로 비슷해서 상대가 되는 사람.

하고, 문득 간듸 업거늘, 현이 공중을 힝하여 무수이 직비하고, 갑옷과 투고

을 수십하여 가지고 동으로 힝하든이, 날이 황혼이 되고 인가 업눈지라. 민망하여[493] 수풀을 [수풀을] 의지하여 좁간 초희든이[494] 비몽간의 한 노인이 일우되,

"시절이 분분한듸 무슴 줌을 자는요."
한듸,

"국가 흥망이 조석의 잇거늘 빅산 길을 일코 시름업시 누엇는요. 밧비 힝중을 수십ᄒ라."
하고, 간듸 업거늘, 현이 놀나 사면[495]을 살펴보니, 인적은 고요하고 월식은 서산의 걸여잇고 추풍은 소소한듸 기려기 소릭 외연이[496] 들이거늘, 식로이 고힝 싱각하고 회포을 정치 못하여 수심[497] 중 멸이 바라보니 수목 식로 등불이 뵈이거늘, 다시 싱각하고 등불을 차즈 가니, 두쌍 동즈 잇거늘, 현이 나가 사려 왈,

"낙양으로 가옵든이 멀이셔 보니 등불이 뵈이기로 적적이 츳(자) 왓쓰오니 일야 숙소을 발아난

이다."
동즈 답 왈,

---

493) 민망(憫惘)하여. 답답하고 딱하여 안타까워.
494) 졸더니.
495) 사면(四面). 전후좌우의 모든 방면.
496) 애연(哀然)하게. 슬픈 듯하게.
497) 수심(愁心). 매우 근심함. 또는 그런 마음.

"날이 발고져 ᄒᆞᄃᆡ 급ᄒᆞᆫ 일이 업거늘, 엇지 길을 뭇난요? 우리도 임ᄂᆡ[498]로 못ᄒᆞᆯ이 선ᄉᆡᆼ게 엿ᄌᆞ와 보리라."

ᄒᆞ거늘, 현이 초당[499] 아ᄅᆡ 섯든이, 동자 들어갓다가 나와 가우되,

"선ᄉᆡᆼ이 잠들어 기침[500]치 아니하여시니 기침하기을 기다리라."

잇ᄯᅥ, 선ᄉᆡᆼ이 ᄌᆞᆷ을 ᄭᅵ여거늘, 동ᄌᆞ 들어가 알외되,

"문박게 한 사름이 낙양으로 가노라 ᄒᆞ고 계ᄒᆞ[501]에 온지 오라난이다."

선ᄉᆡᆼ이 왈,

"밧비 청[502]하라."

ᄒᆞ니, 즁현이 들어가 복지ᄒᆞ온ᄃᆡ,

"귀ᄀᆡᆨ[503]이 뉘지[504]에 오신니 황공ᄒᆞ여이다."

ᄒᆞᄃᆡ, 쟝현니 ᄌᆡ비 왈,

"쳘이을 지쳑으로 알고 왓씁ᄃᆞ니, 월염[505]ᄒᆞ시니 불승[506]ᄒᆞ여이다."

선ᄉᆡᆼ이 왈,

"귀ᄀᆡᆨ이 어ᄃᆡ로 가시는잇가?"

현이 답 왈,

"듯ᄊᆞ온니, 즁국이 요란ᄒᆞ와 쳔ᄌᆞ 접젼ᄒᆞᆫ다 ᄒᆞ온이, 명국신민이 되여 엇지 ᄐᆡ평을 발아올잇가? 선ᄉᆡᆼ니 국가 불ᄒᆡᆼ하물 엇

---

498) 임의(任意). 일정한 기준이나 원칙 없이 하고 싶은 대로 함.

499) 초당(草堂). 집의 원채에서 따로 떨어진 곳에 억새나 짚 따위로 지붕을 인 조그마한 집채.

500) 기침(起枕). 윗사람이 잠을 깨어 일어남.

501) 계하(階下). 섬돌이나 층계의 아래.

502) 청(請). 사람을 따로 부르거나 잔치 따위에 초대함.

503) 귀객(貴客). 귀빈(貴賓). 귀한 손님.

504) 누지(陋地). 자기가 사는 곳을 겸손하게 이르는 말.

505) 월렴(越念). 지나치게 생각함.

506) 불승(不勝). 어떤 감정이나 느낌을 억눌러 참아 내지 못함.

지 알며 전중으로 가노라."

흐니,

"관운장에 동힝 이철니 하는 용(마)을 가저서야[507] 전중 만군즁에[508] 횡힝[509]ᄒ여 풍진[510]을 씨러바리거늘, 귀긱이 무슴 지조밋고 전중으로 가고저 흐는요?"

장현이 답 왈,

"병난을 피한는거신 소인이요, 인군을 빅반하는 거슨 역적이온이, 난세을 당하와 죽기을 싱각ᄒ올잇ᄀ. 엇지 질용과 도술을 가지고야 전장에 가올잇가?"

한듸, 선싱니 왈,

"부질업시 전자에 가지 말고 날과 한가지로 산중에 이스미 엇써흐요?"

장현이 왈,

"선싱의 말슴은 사지에 들지 말나ᄒ옵신ᄂ, 인군이 부란ᄒ고 사직[511]이 위퇴ᄒᄂ듸 언원이 안저슬잇가. 이러함무로 선싱의 말슴을 봉힝치 못하온이 황공하여이다."

선싱이 왈,

"국가 츙신을 머물기 어립ᄊ오ᄂ 밀유치 못ᄒ거이와, 이 산중의 흉훈 짐싱이 잇서 너의 동ᄌ을 회힌

---

507) 관운장과 함께 다니던 한번에 이천리를 달리는 용마를 가져야.
508) 전장만군중(戰場萬軍中)에. 싸움터의 많은 군사들 사이에
509) 횡행(橫行). 아무 거리낌 없이 제멋대로 행동함.
510) 풍진(風塵). 병진(兵塵). 싸움터에서 일어나는 티끌이라는 뜻으로, 전쟁으로 인하여 어수선하고 어지러운 분위기를 이르는 말.
511) 사직(社稷). 나라 또는 조정을 이르는 말.

니, 귀긱이 원슈을 갑파줄야?”

장현이 딕답ᄒ되,

“짐싱은 엇쎠한 짐싱이면, 왕닉는 어딕로 하는잇가?”

션싱이 왈,

“그 짐싱이 ᄉᄂ와 사람을 보면 히하려 ᄒ기로 민망하여 근심하나, ᄉ오 일 간의 한변식 왕닉하니, 더옥 송구512)ᄒ여이다.”

말슴할 지음의, 멀이서 우릭갓튼 소릭ᄂ며 점점 갓가이 오거늘, 션싱이 왈,

“오날도 저 짐싱이 오는도다.”

ᄒ고, 동ᄌ을 감초고 초당문을 닷고 인적이 업시 ᄒ고, 쏘 즁현을 피하라 하거늘, 장현이 왈,

“짐생니 사람을 히코저 할진딕 장부되여 엇지 짐싱을 피할잇가.”

할 지음의, 소리을 벽역갓치 질으며 드러오거늘, 즁현이 잡으려 할 제 동ᄌ하나을 죽기려ᄒ니 동ᄌ 인ᄉ을 모르는지라. 즁현이 바로 나가 크게 소릭하며 왈,

“네 포악한 짐싱이 ᄉ람을 히한이 너을 벼히리라.”

ᄒ고, 더부려 ᄡ오드니 그 짐싱니 달여들어

물여 하거늘, 장현이 풍운조화을 불여 빅호을 호명하여 짐싱을 둘너ᄡ고, 청용금 빗게 들고 빅호로 하여 셔로 닷토게 ᄒ이, 홀연 청용금이 빗나면 짐싱을 벼히고 들어온이, 션싱이 인ᄉ을 모로는지라. 션싱게 고 왈.

“짐싱을 벼히여 와ᄡ온이 션싱은 진정하옵소서.”

---

512) 송구(悚懼). 두려워서 마음이 거북스러움.

한딕, 션싱니 양구이 씌여 치스 왈,

"만일 장현이 안이면 엇지 짐싱 잡으리요. 은혜 난망이라."

한딕, 장현이 답 왈,

"그만 일을 치스밧쓰올잇가."

서로 말삼ᄒ드니, 천동갓튼 소릭나면 점점 각가오거늘, 장현이 문 왈,

"이거시 무슴 소릭잇가?"

한딕, 션싱이 왈,

"이 소릭는 인간의 듯지 못하는 소릭라. 그 형상을 보니 말모양 갓트되, 용도 안이요 말도 안이로되, 용의 모양에 풀은 안기와 구름을 토

66쪽

하니 변화무궁[513]한지라. 아지 못게라. 그 짐싱이 초당압퍼 지닉면 소릭 한이 정신을 진정치 못할너라. 진실노 청용의 짝이라."

한이, 그 모양을 보고 급피 나가 압퍼 셔셔 경계[514] 왈,

"너가 용총말노서 임진을 보고 반기미 업는냐. 용총니 철이을 짓쳑갓치 삼아 즁원을 득득ᄒ고 호진을 지쳐발이고 천즈을 구하려한이, 너는 스름의 급하물 모로는요."

한딕, 그 말이 거은 기울이고 듯다가, 그제야 머리을 들고 굽올 헤오면 반기 는 듯 하거늘, 장헌이 들어기 굴니[515]을 씨우고 조금도 요동치 아니하거늘, 말을 익끌고 초당 압페 나와,

"이제 용마을 주옵시니 은혜 망극하여이다"

션싱이 왈,

---

513) 변화무궁(變化無窮). 변화가 끝이 없음.

514) 경계(警戒). 옳지 않은 일이나 잘못된 일들을 하지 않도록 타일러서 주의하게 함.

515) 굴레.

"장현아, 인간 고락516)이 엇더한는요? 이 말은 청용말이라. 그딕을 주려
호고 기달인지 올란지라. 느난 동희용왕일는이 그딕을 취믹517)하여 정성

67쪽

이 지극하기로, 용총으로 더부려 풍진을 씨려바리고 국가을 도와 만민을
도탄즁에 건지라. 호왕은 범인이 안이라 부딕 조심하라. 천즈 접젼한지 오
란지라. 흉노을 딕적할 니 업시니 필연 위틱한지라. 낙양으로 가지말고 음
성으로 가라. 일후 볼 날이 잇시리라."
호고, 문득 간딕 업거늘, 현이 공즁을 힝하여 무수이 사려호고, 산박게 나와
말게 올나 경게 왈,
"너도 국가 위급하물 도우라."
하며 칙을 치니, 쳘이 강산이 안젼518)의 번듯하여 순식간에 음성의 득달하
여 본이, 천즈 딕피호여 딕도독 장영은 적진에 잡피여 갓다 하거늘, 현이
분현호여519)
"닉 한변 싸와 적진을 파호고 천즈에 뒤을 쌀으리라."
잇씩의 천즈 제신다려 왈,
"적세520) 위급흔이 엇지 할이요?"
즁군즁 이응빅이 주 왈
"진을 구지 닷고 소동521)

---

516) 인간고락(人間苦樂). 인간세상에서 또는 인간으로서 느끼는 괴로움과 즐거움
   을 아울러 이르는 말.
517) 취맥(取脈). 남의 동정을 더듬어 살핌.
518) 안전(眼前). 눈앞.
519) 분연(憤然)하여. 성을 벌컥 내며 분해 하는 기색을 보이며.
520) 적세(敵勢). 적의 세력이나 형세.
521) 소동(騷動). 사람들이 놀라거나 흥분하여 시끄럽게 법석거리고 떠들어 대는 일.

치 무옵소셔."

천즈 직시 하교ᄒ시다.

잇ᄯᅥ에 호왕니 흉노로 더부려 함역ᄒ여 엄살[522] 질욕한이, 명지니 조금도 요동치 아니ᄒ고 진문을 구지닷고 나지 안이한이, 호왕이 크게 외여 왈,

"명제는 무죄흔 즁졸만 죽이지말고 쌀이 황복하여 잔명을 보전ᄒ라."

ᄒ고 비양[523]ᄒ거늘, 천즈 드르시고 탄식 왈,

"명나라 스즉이 닉게 와 망할 줄을 엇지 알이요."

ᄒ고 통곡한이, 잇ᄯᅥ 장현이 천즈의 뒤진을 찻든이, 천즈는 가신 곳 업고, 무수흔 젹병이 칠빅니 스장[524]에 가득한지라. 문득 공즁으로 외여 왈,

"천즈 양강에셔 명니 진할 거시니[525] 밧비 후군 호왕을 물이치라."

ᄒ거늘, 장현이 공즁을 힝ᄒ여 무수히 사려ᄒ고, 호진을 발아다 보고 크게 꾸지져 왈,

"닉 인군을 희치말나. 너 한갓 강포만 밋고 쳔의을 황거한이 엇지 두럽지 안이 할야. ᄂᆞ는

오날날 젼징에 처음이라. 너의 머리을 벼여 천즈의 원수을 풀이라 하고."

풍빅을 불너 시석[526]을 날이며 구름을 피여 일광을 갈이고 신병을 불너 팔만금사진[527]을 치고 흑총말을 타고 청용금을 놉피 들어 호령ᄒ이, 함셩

---

522) 엄살(掩殺). 별안간 습격하여 죽임.

523) 비양. 얄미운 태도로 빈정거림.

524) 사장(沙場). 모래사장.

525) 천자 양강에서 명(命)이 진(盡)할 것이니.

526) 사석(沙石). 모래와 돌을 아울러 이르는 말.

527) 팔문금사진(八門金蛇陳). 팔문, 즉, 휴문(休門)·생문(生門)·상문(傷門)·두문(杜門)·경문(景門)·사문(死門)·경문(驚門)·개문(開門) 등을 이용한 진법.

이 천지진동하며 눈늬업는 신병이 뒤을 엄살흔이, 호왕이 흉노로 더부려 이논 왈,

"이 스름의 변화와 용병흐는 범이며 기상과 탄 말을 보니 범상한 스름이 안이라. 경젹지 못할 거신이 엇지 할이요?"

흉노 되 왈,

"제 엇지 우리을 당흐리요. 소중이 지조업싸오나 한변 북처 적장을 버혀 올이다."

할 지음의, 장현이 군마을 지축하여 짓쳐 들어간이, 날이 어두어 짓척을 분별치 못할너라. 장현이 풍운 조화을 불니면, 시병귀졸를 호령흐여 흉노을 막으라 흐고, 크게 외여 왈,

"호왕은 오

70쪽

날너 명이 진하여시니, 늬 너을 죽이여 천흐을 평정하리라."

하며 짓쳐 들이간이, 흉노 되로하여 싸오고져 흐든이, 이런 되장[528]이 흑총마상에 청용도을 빗게들고 좌충우돌하여 호진을 엄살하며 무인지경[529] 갓치 당기며 장수와 군수을 썩은 풀 벼히듯 흐는지라. 죽엄이 퇴산갓고 피흘너 강수되드라. 호왕과 흉노 황급하여 장졸 모와 진문을 쑤지 닷고 나지 안이하거늘, 장현이 진전의 왕늬하며 무수 질욕하다가, 쳔즈 게신 진무의[530] 복지하온되, 수문장이 왈,

---

또는 팔문금쇄진(八門禁鎖陣). 여덟 방향으로 통로가 나도록 병사들을 배치하여, 진으로 들어온 적군이 도저히 빠져나가지 못하도록 막을 수 있는 진법. 팔문을 구성하는 병사들을 일정 원리에 따라 이동시킴으로써, 진문 안에 미로를 만들어 적군의 전투력을 상실시킴.

528) 일원대장(一員大將). 한 사람의 장군. 여기서는 '어떤 장수'의 의미.
529) 무인지경(無人之境). 사람이 살고 있지 않은 외진 곳.
530) 진문 앞에.

"그딕는 엇써흔 장수관딕 복지하는요?"

장현이 답 왈,

"나는 한국 한양산 잇는 장현이드니, 국가 불힝하물 듯고 불원 철이ᄒᆞ고 시석을 한가지로 할가ᄒᆞ여 왓싸온이 밧비 천ᄌᆞ게 알이라."

흔딕, 수무장이 천ᄌᆞ게 알이되,

"문박게 흔 사름 왓시되, ᄒᆞ

남 중현이라 ᄒᆞ고, 전ᄒᆞ게 뵈옵기을 청하는이다."

천ᄌᆞ 딕경하여,

"악가 호진중에서 횡힝ᄒᆞ든 장순가 물어보라."

흔딕, 수문중이 다시 주 왈,

"악가 호진중에셔 횡힝ᄒᆞ든 장수잇가?"

장현이 왈,

"악가 올쎄의 길을 막기로 분함물 참지 못ᄒᆞ여 적진을 엄살ᄒᆞ여노라."

흔딕, 수문장이 들어가 그딕로 고흔딕, 천ᄌᆞ 딕히하ᄉᆞ 원문박게 나가 마진딕, 장현이 복지청죄531) 왈,

"수신이 철이박게 잇싸기로 밋쳐 적병을 밋지 못ᄒᆞᄋᆡ싸오니 불숭딕죄532)로소이다."

흔딕, 천ᄌᆞ 왈,

"경이 하남에 잇다 흔이 뉘집 ᄌᆞ손이며, 엇지 보기가 느진요?"

한딕, 장현이 딕 왈,

"소신으 아비 ᄒᆡ외말이에셔 죽싸옵기로 아비 영제을 직키옵드니, 국가 난세533)된 줄을 아옵고 나오되, 수로 말이기로 밋쳐 딕령치 못하여난이다.

____

531) 복지청죄(伏地請罪). 땅에 엎드려 죄를 청함.

532) 불승대죄(不勝大罪). 이기지 못할 정도로 죄가 큼.

소신에 아비는 이부상서 중진성

이로소이다."
흔딕, 천즈 들으시고 딕경 왈,
　"짐이 불명하여 충신 장진셩을 졀도의 춤스하여시니 엇지 통한534)치 안이하리요. 오날 경을 보미 더옥 창피흐건이와, 불힝흐여 융노 중국을 침범흐기로 경의 동싱 장영으로 딕도독을 삼아 군스 빅만과 장수 쳐여을 주어 졉젼흐여든이, 장슈와 군스을 다 죽이고 장영으로 본진을 직키고 몸을 피흐여 일이 온 즉, 호진이 본진을 파흐고 영을 사로잡아다가 젹진에 가두고 뒤을 짤아 나운 군스을 엄살흐미 욕을 면치 못할거실, 경이 호왕을 엄살하기로 요힝 욕을 면흐여건이와, 공은 츙셩을 다흐여 즘을 도와 사직을 안보하고 만민의 도탄을 업게흐고 경에 동싱을 구하라."
흐신딕, 장현이 듯기을 다흐고 어젼의 통곡흐니, 졍신이 아득하여 인사을 모로거늘, 쳔자 딕경흐여 친이 수족을 주물

　며 왈,
　"경이 기운이 진흔이 엿지 국가을 안정하리요."
흐며 낙누하신이, 중현이 진졍흐여 왈,
　"소신의 아비 힉외 말이에셔 죽쑵고, 어미을 잠시도 잇지 못흐여 차제로 어미을 맛치옵고, 소신는 아비의 혼빅을 즉키옵든이, 이제 영이 호진에 잡피여 갓다흔이 필연 죽어슬 거시니 엇지 안이 실푸잇가."

---

533) 난세(亂世). 전쟁이나 무질서한 정치 따위로 어지러워 살기 힘든 세상.
534) 통한(痛恨). 몹시 원통함

언파[535]에 말게 올나 천즈게 고 왈,

"오날 호진의 가 적장을 벼히고 동싱에 신체을 찻도저 ᄒᆞ온이, 복원[536] 펴ᄒᆞ는 일진 병을 비리소셔.[537]"

ᄒᆞᆫ디, 천즈 ᄒᆞ교 왈,

"경으로 디원수[538] 겸 디사말[539]을 제수한이 군스을 임이로 출입ᄒᆞ라."

하신디, 장현이 복지사은하고 일진 병을 총독하여 진젼에 나셔면 장졸을 분부하여 왈,

"방포일셩 하라."[540]

ᄒᆞ고 황신기[541]을 두루면 신병귀졸노 둘너싸고, 육경육갑을 벼푸러 옹위ᄒᆞ고, 사면에 복병을 징하고, 풍빅을 불너 호령ᄒᆞ고, 동남

74쪽

풍 미러 호진을 요동케 하고, 흑총마상에 청용도을 놉피 들고 크게 외여 왈,

"반적[542] 호왕아. 명국 디도독[543] 장영을 샐이 보니라. 만일 보니지 안이 하면 너히을 씨업시 하리라."

ᄒᆞ고, 호진을 치니, 흉노 디로하여 좌우 제장을 거늘이고 막거늘, 현이 주작

---

535) 언파(言罷). 말을 끝냄.
536) 복원(伏願). 웃어른에게 엎드려 공손히 원함.
537) 일진병(陣兵)을 빌려주십시오. 병사 한 무리를 빌려 주십시오.
538) 대원수(大元帥). 군대의 제일 높은 계급인 원수를 더 높여 일컫는 말.
539) 대사마(大司馬). '병조 판서'를 달리 이르던 말. 중국 주(周)나라 때에, 군사와 군대를 맡아보던 벼슬 이름에서 유래한다.
540) '방포일셩'과 '하라' 사이에, 방포소리에 맞춰서 작전을 시행하라는 내용이 빠진 것으로 보임.
541) 황신기(黃神旗). 조선 시대에, 중오방기 가운데 진영 중앙에 세우던 군기. 누런 바탕에 왕령관이라는 신장(神將)과 구름이 그려져 있고, 가장자리와 화염각은 붉은색이며, 영두(纓頭)·주락(朱駱)·장목이 달려 있음.
542) 반적(叛賊). 자기 나라를 배반한 역적.
543) 대도독(大都督). 옛 중국에서, 전군을 지휘하고 통솔하던 벼슬.

기544)을 한변 두루미 사면팡에 뇌고함셩이 천지진동ㅎ며 구름과 안기 진동
하든이, 는듸어는545) 중졸이 호진을 둘너 쓰고 크게 엄살한이, 호왕과 흉노
아물이 할 쥴을 모로는지라. 수문에셔 외여 왈,
　"중국 듸도독을 보늬여 적장을 물이미 올타."
ㅎ고, 의논이 분분 하드라. 잇쩐 일원듸장이 청용도 들고 흑총말을 타고
중졸을 무슈이 죽이면 왕늬흔이, 수름은 천신이요 말은 비룡갓트니 흔분
보미 황홀한지라. 호왕이 흉노을 인졍 왈,
　"져 사람 지조을

75쪽

　보니 범상흔 사름이 안이라. 졸연이 잡지 못할 거시니, 장영을 밧비 보늬
여 물너가게 하미 올타."
ㅎ고, 흉노 마지 못하여 장영을 듸흐여 왈,
　"장영 본듸 츙신이오미 쳔도 무심치 안이한지라. 명진으로 도라가라."
흔듸, 영이 밧비 진젼의 나션이 일원듸장이 흑총마상에 쳥용도을 들고 왕늬
ㅎ면 장영 잇는 곳을 힝하거늘, 영이 불너 왈,
　"명국 듸도독은 여기 잇노라."
ㅎ고 오거늘, 잇쩐에 장현이 이 말을 듯고 적진을 짓쳐 들어가 장영으 손을
잡고 듸셩통곡 왈,
　"늬의 동싱 장영인야?"
ㅎ되, 영은 제에 형임인쥴 모로고 수비 왈,

---

544) 주작기(朱雀旗). 조선 시대에, 대오방기(大五方旗) 가운데 진영의 앞에 세워
　　전군(前軍)을 지휘하는 데에 쓰던 군기. 붉은 바탕에 머리가 셋인 주작과 파란
　　색·붉은색·누런색·흰색의 구름무늬가 그려져 있고, 화염각이 달려 있고,
　　깃대에 영두·주락·장목이 달려 있음.
545) 난데없는. 갑자기 불쑥 나타난.

"그디 곳 아니면 호진중에서 죽을 거슬 살아어도다."
흐며 무슈이 사려한이, 장현이 영의 손을 잡고 왈,
"영아. 나는 너 형 중현이라."
흐고,
"너을 이별흐고 부친을 모시고 적소에 갓다가, 부친을

76쪽

여히고 스고무친흔 곳의 부친에 혼빅을 모시고 셔름으로 세월을 보닉든
이, 쯧박게 현무션싱을 만나 쏠아가 도술 빈와 원수 갑기을 원흐든이, 일일
은 션싱이 일우되 '국가 난세되여 너가 적진에 잡피여 가 목슴이 조모에
잇다흐여, 사즉이 위틱하다' 하기로 진을 츳자 온이, 너가 호진에 잡펴 갓거
늘 스싱을 모르든이, 너을 구하여 도라가이 무삼 흔이 잇슬이요."
흔디, 영이 장현의 손을 잡고 통곡 왈,
"형임은 부친을 모시고 저는 모친 모시고 잇든이, 불칙흔 권즈경에 모히
을 등흐여, 모친을 모시고 하북 두즈스의 집에 의탁흐여 모친을 모시고 부
친을 다시볼가 흐여든이, 오날날 형임은 만나고 부친은 영이별흐고 다시
보지 못흔이 실푸물 엇지 칭양하릿가."
형제 고싱흐든 말을 일우면 통곡한이

77쪽

군즁이 다 슬어하드라.
잇씨 쳔즈 장현을 전장에 보닉고 주야로 기다리든이, 장현이 영을 구하여
온단 말을 듯고, 딕히하여 왈,
"이 스람은 진실노 쳔신이로다."
하면, 지조을 층찬흐고 기다리드라. 장현이 왈,

"너는 본진으로 도라가 기다리미 업게하라. 나는 호와을 벼여가지고 도라가리라."

하고, 방포일성에 현무기546)을 둘너 신장을 호령ㅎ고, 면바로547) 호진중으로 들어간이 감히 당할지 업드라. 호진을 살펴보니 호왕이 흉노을 거늘이고 도망하거늘, 장현이 육정육갑을 혀푸러 신병귀졸을 호령하여 둘우고 엄살ㅎ이, 흉노 안물이548) 여웅인[인]들 엇지 당할리요. 흉노 밋처 손을 놀이지 못여, 장현 청용도 빗ᄂ면 흉노의 머리 금광549) 쏫츠 날여지는지라. 현이 칼싯틱 쉬

78쪽

여들고 본진으로 도라와 천ᄌ게 고 왈,

"한젹의 머리 베혀왓ᄊ오니, 이제 호왕의 머리을 마자 벼여 펴ㅎ에 금심을 덜가 ㅎᄂ이다. 옥체을 진정하옵소셔."

천ᄌ 갈오되,

"짐이 경을 어드미 하날이 도으시미라. 이제 흉노을 (베었)슨이 쏘ᄒ 천힝으로 호왕을 잡우면 그나문 군ᄉ는 여반장550)이라. 그러나 젹진을 평정ᄒ 후에 천ㅎ을 반분하리라."

ㅎ시며 당부하드라. 장현이 ᄉ은ㅎ고 물너나와 전후 고싱ㅎ든 말이며, 모친 그리든 말이며, 현무션싱 쌀아가 도술 빈온 말이며, 모다 셜화ㅎ고, ᄉ로이

---

546) 현무기(玄武旗). 대오방기(大五方旗) 가운데 진영의 뒷문에 세워 후군(後軍)을 지휘하는 데에 쓰던 군기(軍旗). 검정 바탕에 거북이, 뱀을 감고 있는 모양과 파란색·붉은색·누런색·흰색의 구름무늬가 그려져 있고, 화염각(火炎脚)은 흰색이며, 영두(纓頭)·주락(朱駱)·장목이 달려 있음.

547) 면(面)바로. 바로 정면으로.

548) 아무리.

549) 검광(劍光). 칼날의 빛.

550) 여반장(如反掌). 손바닥을 뒤집는 것 같다는 뜻으로, 일이 매우 쉬움을 이르는 말.

슬어하믈 마지안이 ᄒ드라. 영이 위로 왈,

"도시 천수온이 엇지 하올잇가. 닉 호진에 잡펴가 거의 죽겨 되여든이 천위신조화[551] ᄒ와 형임을 만나 구하여 한가지로 도라온이, 깃부고 슬푸믈 엇지 층양하올잇가, 이제 천ᄒ을 평정ᄒ

79쪽

고 권ᄌ경의 간을 닉여 부친 영위전[552]에 녹코 제사ᄒ오면 불효을 만분지일이나 갑풀가 ᄒ닉이다."

장현이 왈,

"우리 귀히되믄 도시 원수을 갑게 함이라. 엇지 조만흔 권적을 금심할야. 적병을 파ᄒ고 도라갈 길에, 부친의 영위을 모시고 모친을 위로하고 권적의 원슈을 갑파 흔을 풀자."

ᄒ고 군정[553]을 살피든이,

잇ᄯᅢ 호왕이 흉노 죽음을 보고 딕성통곡 왈,

"닉 당초에 져을 밋고 딕스을 졍하여든이 ᄒ늘이 ᄂ을 망하게 ᄒ시미로다."

ᄒ고, 제장을 불너 왈,

"명중을 본이 직조 비상흔지라. 졸연니 잡지 못할지라. 제장은 항염ᄒ여 동으로 오십 이을 가면 울낡이라 ᄒ는 골이 잇슬거시니, 그 골에 오십 중[554] 굴함을 파고 좌우에 복병ᄒ여다가, 명중이 굴함에 들거든 일시의 닉달아 치면, 제 안몰이[555] 영웅

---

551) 천우신조화(天佑神造化). 하늘이 돕고, 신령이 조화를 부림.
552) 영위전(靈位前). 상가(喪家)에서 모시는 혼백이나 가주(假主)의 신위(神位) 앞.
553) 군정(軍情). 군대 내의 정세나 형편.
554) 장(丈). 길이의 단위. 한 장은 한 자(尺)의 열 배로 약 3미터에 해당.
555) 아무리.

80쪽

인들 엇지 살아요. 제장은 닉 영을 거역지말ᄂ."
하고 게교을 증흔이라.
잇써에 장원슈 제장을 불너 왈,
"직일556)에 영천동을 지ᄂ가 복병ᄒ여다가 무임셔 불이 니러나거든 급피
닉달아 치라."
ᄒ고, 좌익장 진옥을 불너 왈,
"그딕는 ᄉ만 군을 거날이고 그린이라 ᄒ는 곳의 미복하여다가, 영천동
에서 함성이 나거든 닉다라 흠역ᄒ라."
하고, 쏘 우익중을 불너 왈,
"그딕는 군ᄉ 오천을 거날이고 저 압산에 미복하여다가, 무임셔 방포소
릭와 현무기을 두르거든 닉다라 호왕을 치라."
ᄒ고, 쏘 부도독 유문을 불너 왈,
"그딕는 군사 이만을 거날이고 천ᄌ을 모시고 본진을 구지 직키라."
ᄒ고, 이날 각각 군ᄉ을 약속을 증하여 보닉이라.
잇써의 장원수는 흑총말을 타고 청용도을 들

81쪽

고 진젼에 왕닉ᄒ며 크게 외여 왈,
"호왕은 쌜이 나와 닉 청용도을 바드라."
ᄒᄂ 소릭 천지을 진동ᄒ는지라. 흑총말은 비롱갓고 청용도는 두우성557)
정기을 응ᄒ여스니 진실노 여웅호결558)이라. 호왕이 황급559)하여 출젼할

---

556) 즉일(即日). 일이 일어난 그날.
557) 두우성(斗牛星). 이십팔수 가운데 두성과 우성을 아울러 이르는 말.
558) 영웅호걸(英雄豪傑). 영웅과 호걸을 아울러 이르는 말.
559) 황겁(惶怯). 겁이 나서 얼떨떨함.

마음이 업는지라. 호왕이 다시 싱각ᄒ고,

'닉 지조 비와 세상에 나믹 귀신도 두렵지 안이하거든 제 엇지 나을 당할이요.'

ᄒ고, 팔쳑장금을 들고 말을 닉모라 장현으로 더부려 접전할 식, 원수의 기운은 점점 승승560)ᄒ고 호왕의 기운은 점점 슬어진이, 호왕이 픽ᄒ여 영천동으로 닷거늘, 원수 호왕을 쌀아 울남 어귀에 들어간이, 호왕이 말을 둘우면 외여 왈,

"너을 발셔 죽일거시로되 청츈을 악기미로다. 금일은 나을 원치말나."
ᄒ며 칼 놉피 들고 원수을 치

82쪽

거늘, 원수 분을 이기지 못ᄒ여 말을 직촉하여 호왕을 벼히고져 ᄒ든이, 말이 실죽561)ᄒ여 오십 장 굴함에 쌔지니, 호왕이 일시에 좌우을 지쳐 들온이, 장현이 하날을 우러어 탄식 왈,

"도적을 함물ᄒ고 부친의 원수을 갑푸려 ᄒ여든이, 니제 도로혀 쇠의 쌔저 죽게 되여슨이 엇지 통한치 안이할이요." 장현이 ᄌ결코ᄌ ᄒ든이 문득 지상에서 외여 왈,

"장현아, 통혈562)을 살피지 안이ᄒ고 죽기을 자쳥ᄒᄂᄋ? 밧비 통혈ᄂᆞ 나오라. 적병은 닉 막으리라. 밧비 나와 제중을 호령ᄒ여 호왕을 잡으라. 만일 오날 잡지 못하며 돌우여 후환을 면치 못ᄒ리라. 쌸이 나와 ᄉ희용신563)과 신장을 사로564) 쳥ᄒ여 치라."

---

560) 승승(乘勝). 싸움 따위에서 이기는 형세를 탐.
561) 실족(失足). 발을 헛디딤.
562) 통혈(通穴). 갱도와 갱도가 서로 통하게 구멍을 뚫음. 또는 그런 구멍.
563) 사해용신(四海龍神). 사해용왕(四海龍王). 전설에서, 동서남북의 네 바다 가운데 있다고 하는 용왕.
564) 새로.

ㅎ거늘, 장원수 사면을 살피여 본이 과연 통혈이 잇거날, 급피 ㄴ와 션싱게
사려 왈,

"션싱이 소ㅈ의 죽을 익565)을 알으시고

83쪽

방비566)하와 살여신이, 엇지 은혜을 갑쓰올잇가?"
션싱이 왈,
"늬 천문을 보니 너의 쥬셩이 무광ㅎ기로 와 본즉, 호왕이 굴함을 파고
좌우에 복병을 하여 너을 희코져 하기로, 통혈을 두고 신병으로 하여금 호
왕을 나오지 못하게 하미라. 이제 익을 면ㅎ여슨이, 급피 제즁 호령하여
사희용신과 오방밍호와 신병귀졸을 호령하여 호왕을 벼희라. 적진을 파ㅎ
고 도라가 천ㅈ의 기다리미 업게ㅎ라."
ㅎ고,
"ㄴ는 빅옥산으로 가노라."
하거날, 원수 션싱을 이별ㅎ고, 우익즁 송소틔을 불너 왈,
"산의 올나 청기을 둘너, 무임에 복병의 흔 장슈을 알게ㅎ고."
쏘 한운기을 불너 왈,
"복병을 진위ㅎ여 함역ㅎ라."
ㅎ고, 원슈 청용도을 들고 군즁을 호령ㅎ여 좌우 복병과 전후 군졸이 함역
ㅎ여 짓쳐 들어간이, 무슈 용신과 빅호

---

565) 액(厄). 모질고 사나운 운수.
566) 방비(防備). 밖에서 쳐들어오거나 피해 주는 것을 막기 위하여 미리 지키고
　　　대비함. 또는 그런 설비.

84쪽

들이 장수을 틱이고567) 짓쳐 들어간이, 호왕이 분노하여 용과 빅호을 엄살
흐되, 조금도 요동치 안이흐고 잇는지라. 원수 동을 힝흐는 듯 서을 치고,
남을 힝흐는 듯 북을 치며, 좌우을 알기 어려온지라. 장원수 풍빅을 불너
ᄉ석을 일우며 신병을 호령흔이, 용호탄 장수 함역흐여 친이, 고각함셩은
쳔지 진동하는지라. 호왕이 황급하여 영쳔동 어귀로 달아나든이, 난듸업는
일원 듸장이 길을 막고 엄살흐거늘, 호왕 또 게양산으로 닷던이, 쏘흔 일원
듸장이 길을 막고 엄살한이, 호왕이 망기소조568)흐여 엇지할 줄을 모로다
가, 무임으로 닷든이, 쏘흔 일원 듸장이 길을 엄살하거늘, 쏘 그림이라 흐는
곳으로 닷든이, 쏘 일원 소연장이 용호을 타고 신장을 불너 엄살흐거늘,
호왕이 황황

85쪽

분쥬569)하여 ᄉ면팔방570)에 갈고지 업는지라.
　잇써, 장원수 흑총마상에 두려시 안져 쳥용도을 놉피 들고 크게 외여 왈,
　"반젹 호왕은 들으라. 오날은 상쳔입지571) 못할 여든 쌜이 말게 날여 황
복하라."
히며 달여들어, 십어 합에 원ᄉ에 갈이 졍용도 빗ᄂ는 곳에, 슬푸다, 호왕에
머리 금광을 쏘츠 날어지는지라. 원슈 갈싯틱 쉬여들고, 호진을 짓쳐 하몰
흐고, 돌아와 제장을 상ᄉ하고, 즉시 호왕 벼흰 연유을 쳔ᄌ게 주달흔대,
쳔ᄌ 들으시고 듸히하여 왈,

---

567) 태우고서.
568) 망기소조(望氣所遭). 치욕이나 고난을 당할 조짐을 알아냄.
569) 황황분주(遑遑奔走). 갈팡질팡 어쩔 줄 몰라 몹시 바쁘게 뛰어다님.
570) 사면팔방(四面八方). 사방팔방(四方八方). 여기저기 모든 방향이나 방면.
571) 상천입지(上天入地). 하늘 끝까지 오르고, 땅속 깊숙한 곳까지 들어감.

"장원슈에 공은 그린각572)에 식의573) 후세에 유전키 할이라."

ᄒᆞ고, 친이 졔중을 거늘이고 원수을 기다리든니, 원슈 중졸을 거늘여 승젼곡574)을 울이며, 형청동 어귀의 그 장하물 일우 층양치 못할너라. 천자 마조나와 원수을 마진이, 원수 말게 늘여 복지ᄒᆞ온

86쪽

딕, 천ᄌᆞ 원슈의 손을 잡고 치ᄒᆞ 왈,

"경이 한변 북쳐 호왕과 흉노을 베히고, 셔천삼십육도 군장을 황복하든이, 그 공을 포하여 천ᄒᆞ을 반분하리라."

하신딕, 원수 갑주575)을 벗고 복지쳥죄 왈,

"조고만흔 공을 이럿틋시 치ᄒᆞ 듯ᄊᆞ온이 불승황공576) 하여이다. 탑젼의 죽ᄊᆞ와 역명577)을 면할가 ᄒᆞᄂᆞ이다."

죽기로쎠 ᄉᆞ양흔이, 천ᄌᆞ 들으시고 상에 날여 원수의 손을 붓들어 안치고 위로 왈,

"경에 충성을 경이578) 아는 비라. 경은 마음을 진정ᄒᆞ라."

ᄒᆞ시고, 일즉 환궁579)코져 ᄒᆞ거늘, 원수 사은하고 물너 ᄂᆞ와 갑주을 입고, 사제 영으로 더부려 탑젼의 상소ᄒᆞ여 왈,

"소신 이비 히외 말이에 참사ᄒᆞ기는, 권강노 참소하여 총이하물 밋고 충신을 시기ᄒᆞ여, 제신으로 숭소하여 병든 부친을 병

---

572) 기린각(麒麟閣). 중국 한나라의 무제가 장안의 궁중에 세운 전각. 선제 때 곽광 외 공신 11명의 초상을 그려 각상(閣上)에 걸었다고 함.
573) 새겨.
574) 승전곡(勝戰曲). 싸움에서 승리한 것을 기리는 내용을 담은 악곡.
575) 갑주(甲冑). 갑옷과 투구를 아울러 이르는 말.
576) 불승황공(不勝惶恐). 위엄이나 지위 따위에 눌리어 두려움을 이길 수 없음.
577) 역명(逆名). 반역의 누명.
578) '짐(朕)이'의 誤記.
579) 환궁(還宮). 임금이나 왕비, 왕자 등이 대궐로 돌아옴.

들지 안이ᄒ여다 ᄒ고 참소하여 졀도의 원찬ᄒ니, 소신이 아비 원슈을 품고 졀도로 가옵든이, 권즈경이 졀강 사공등으로 쳔금을 쥬어 신의 익비을 창파에 여흐라 ᄒ믹, 사공등니 신의 부즈을 결박하여 죽이려 ᄒ옵기로 죽기로써 비온 직, 그 즁에 늘근 사공 장홍이라 ᄒ는 사공이 신의 부즈을 잔잉이[580] 여겨, 잔명을 살여주고 파션ᄒ 양으로 졀강만호게 알여 파션ᄒ 줄노 상달ᄒ와 살아나오며, ᄯᅩ 권즈경이 소신의 어미을 탈취하려 ᄒ온 즉, 쳥(주) 후 이운경이 소신의 어미게 통기하여 씁기로 동싱을 달이고 반야삼경에 도망하여, ᄒ북 두즈사을 차즈가 의탁하여 삼수연을 부지하여씁든이, 쳔은이 망극하와 동싱 여이 금변 장원급졔 ᄒ옵고 북젹을 멸하옵고 평안이 황궁

하온이, 폐ᄒ에 너부신 덕틱으로 소이다. 이제 권즈경의 간을 ᄂᆡ여 익비 고혼을 위로하옵고 원수을 풀가 하온이, 폐ᄒ난 하감[581]ᄒ옵소셔.”
하여드라. 쳔즈 보시고 일변 올나시고, 일변 참괴ᄒ여 비답[582]ᄒ되,
　‘장지셩 갓튼 충셩을 모히하여 히외말이에 참수하게 ᄒ이, 권즈경에 죄는 죽여 앗갑지 안이한지라. 자경과 그 여등은 원슈에 임니로 쳐치ᄒ라.’
하여거ᄂᆞᆯ, 잇ᄯᅥ의 장원수 일진 병을 호녕ᄒ여 장안에 들어가 삼군을 호령ᄒ여,
　“권즈경을 잡아오라. 만일 영을 어기면 군법으로 시힝하리라.”
　ᄯᅩ 일신병을 분 왈,[583]
　“너는 하북 두즈ᄉ 썩에 가셔 이 셔간을 들이라.”

---

580) 자닝하게. 애처롭고 불쌍하여 차마 보기 어렵게.
581) 하감(下鑑). 아랫사람이 올린 글을 윗사람이 봄.
582) 비답(批答). 임금이 상주문의 말미에 적는 가부의 대답.
583) 또, 일지병(一枝兵)을 분(分)하여 말하기를.

쇠 일지병을 불너 왈,

"너는 장안에 가 쳥쥬후 이운경을 모셔오라. 쏘흔 너히등은 닉을 짤우라."

하고 쳔즈을 모셔 듸연을 빗셜하고 삼군

89쪽

을 상사흔이 제장니 치사 왈,

"금일 평안이 환궁하옵기는 원수에 공이요, 페흐에 덕틱이로소이다."

흐고, 제즁이 일시의 만세을 불으면 승젼곡을 울이면 쳔즈을 위로흔이, 쳔즈 만군즁⁵⁸⁴⁾이 하레⁵⁸⁵⁾흐는 소릭을 드르시고, 젼즁에 죽은 장졸을 싱각흐시고, 용안의 눈물을 흘여 용포을 용습하거늘, 원수 복지하레 왈,

"페흐는 옥체을 진졍흐옵소셔. 이 환궁은 도시 쳔슈온이 신등의 불민흔⁵⁸⁶⁾ 타시로소이다."

쳔즈 옥누⁵⁸⁷⁾을 거두시고 원슈의 손을 잡고 왈,

"경의 충셩 곳 안이면 오날날 엇지 조회을 바들이요. 이제 반젹을 소멸흐고⁵⁸⁸⁾ 만민에 도탄을 업게 흐니 엇지 경의 공이 안이요."

하시드라. 원수 복지 주 왈,

"이제 (권자경을) 절도로 압송하여 익비의 고혼을 위로하옵고 고힝에 반정할여 흐온이, 복원 황승은 흐감

---

584) 만군즁(萬群衆). 한곳에 가득히 모인 모든 사람.
585) 하례(賀禮). 축하하여 예를 차림.
586) 불민(不敏)한. 어리석고 둔하여 재빠르지 못한.
587) 옥루(玉淚). 임금의 눈물을 이르는 말.
588) 소멸(掃滅)하고. 싹 쓸어서 없애고.

하옵소셔."

천즈 들으시고 치음양구589)이 갈우사되,

"경의 소견되로하라."

ᄒ시고, 군스을 불너 왈,

"너히등은 원수을 모시고 절도의 들어가 상셔의 고혼을 편이 모시라."

ᄒ고, 부도독 좌션봉을 거늘어 환궁하시다.

각설 일지병이 장안에 들어가 권즈경을 결(박)ᄒ여 밧비 가거늘, 즈경이 되경 왈,

"이 엇젼 일이요? 호적을 멸ᄒ고 평안이 환궁하시는 길의 무슴 일노 병마을 보니여 잡아오라 ᄒ는요?"

군사 되 왈,

"우리 장군에 영이라."

ᄒ면 풍우갓치 모라간이, 즈경이 아모리 할 줄을 모로고 혼불부신590)ᄒ여 절도로 간이라.

잇씌의 일지병이 장안 이후 쎅에 들어가 셔간을 들이면 왈,

"장군에 영이 급하온이 밧비 가스이다."

이후 되경 왈,

"장원수ᄂᆞ 뉘시며 무슴 일노 쳥ᄒ는요?"

ᄒ고, 셔간을 밧비 쎄여본이 ᄒ여시되,

'이젼 이부상셔 장지셩의 아들 장현

---

589) 침음양구(沈吟良久). 속으로 깊이 생각한 지 오랜 뒤.

590) 혼불부신(魂不附身). 혼비백산(魂飛魄散). 혼백이 어지러이 흩어진다는 뜻으로, 몹시 놀라 넋을 잃음을 이르는 말.

은 돈수빅비591) ᄒᆞ옵고 굴월을 이후 좌하의 올이옵난이다. 오회통지라. 딕인의 하늘갓ᄊᆞ온 은헤로 모친임니 적인592)의게 욕을 피하여 ᄊᆞ옵고, ᄯᅩ한 동싱 영이 쳥운에 올나 벼슬이 옥당에 쳐ᄒᆞ옵신이, 엇지 딕인의 건지미 안이릿가. 타일에 은혜을 다 갑지 못할가 하ᄂᆞ이다. 소즈는 부친을 모시고 ᄒᆡ외말이에 갓ᄊᆞᆸ든이, 하날이 무이 여기ᄉᆞ 졍사 칠월의 부친이 기세ᄒᆞ신이, 사고무친흔 곳의 에탁이 만연하옵든이593), 빅옥산 현무션싱이 소즈을 불상이 여겨 다려다가 도슬을 가으치미, 십연을 공부하여 호젹을 멸ᄒᆞ고 권즈경을 진즁으로 잡아왓ᄊᆞ온이, 복원 딕인594)는 괴로물 싱각지 말으시고 기다리미 업게 ᄒᆞ옵소셔.'

하여드라. 이후 보기을 다ᄒᆞ고 즉시 병마을 ᄶᅡᆯ아 음셩으로 간이라.

ᄯᅩ 일지병이 ᄒᆞ북 두즈ᄉᆞ 씩의 가 셔간을 들인딕, 즈사 바다본이 한

장은 양부인게 흔 셔간이요, ᄯᅩ 한 장은 자ᄉᆞ게 흔 셔간이라. 즈사 양부인게 엿즈오딕,

"이 셔간이 필연595) 반가온 셔간니인니 밧비 기틱596)하여 보옵소셔."

부인이 쎄여 본이 하여스되,

'불효즈 현은 빅비ᄒᆞ옵고 모부인597)게 올이옵ᄂᆞ이다. 부친 모시고 갓ᄊᆞᆸ

---

591) 돈수백배(頓首百拜). 머리가 땅에 닿도록 수없이 계속 절을 함.
592) 적인(敵人). 원수(怨讐).
593) 의탁할 곳이 없어 망연(茫然)하더니.
594) 대인(大人). 문어체에서, '남'을 높여 이르는 말.
595) 필연(必然). 틀림없이 꼭.
596) 개탁(開坼). 봉한 편지나 서류 따위를 뜯어보라는 뜻으로, 주로 손아랫사람에게 보내는 편지의 겉봉에 쓰는 말.
597) 모부인(母夫人). 자당(慈堂). 남의 어머니를 높여 이르는 말. 여기서는 '어머니'

다가 불힝ᄒ여, 졍사 칠월 망일에 부친을 여희고 ᄒ날을 울울러598) 이통하
다가 셩영산에 초즁599)을 하옵고, 주야로 원수 갑기을 ᄒ날게 축수ᄒ옵다
가, 쳔의신조600)하ᄉ 빅옥산 현무도ᄉ을 만나 도슬을 비와 세월을 본닉든
이, 국가 불힝ᄒ물 듯고 북흉노 서흉으로 더부러 중국을 침범ᄒ믹, 쳔ᄌ
영으로 딕도독을 삼아 쌉다가 픽ᄒ여 영이 호진으로 잡피여 갓다 ᄒ거늘,
소ᄌ 즁원에 들어가 호왕을 멸ᄒ고, 권ᄌ경을 절도로 잡아다가 간을 닉여
부친 영위젼에 제수하려 ᄒ온니,601) 부친의 힝상602)을

93쪽

반장603)할 길에 모친을 모시려 하온이, ᄌᄉ는 괴로물 싱각지 말으시고
병마을 거늘여 밧비 힝하옵소셔.'
하여드라. 자시 ᄌᄉ 보시고 치ᄒ 왈,

"명쳔이 감동하시고 부인이 현쳘하물로, 현의 형제 원수을 갑고 빅만딕
병으로 상셔의 고혼을 도라오게 ᄒ이, 엇지 깃부지 안이할잇가? 부인는 안
심ᄒ옵소셔. 나는 졀강에 들어가 상셔의 고혼을 모셔올이다."
ᄒ고, 군마을 거늘여 졀강으로 힝ᄒ이라. 이날 양부인이 발상604)ᄒ고 하늘
을 불우면 딕셩통곡 왈,

의 의미로 사용.
598) 우러러.
599) 초장(草葬). 시체를 짚으로 싸서 임시로 매장함.
600) 천우신조(天佑神助). 하늘이 돕고 신령이 도움. 또는 그런 일.
601) 모친게 보낸 편지내용이 여기서 끊어지고, 다음 내용은 자사에게 보낸 내용이
    다. 필사과정에서 일부 결락이 일어난 것으로 보인다.
602) 행상(行喪). 주검을 산소로 나름.
603) 반장(返葬). 객지에서 죽은 사람을 그가 살던 곳이나 그의 고향으로 옮겨서
    장사를 지냄.
604) 발상(發喪). 상례에서, 죽은 사람의 혼을 부르고 나서 상제가 머리를 풀고 슬피
    울어 초상난 것을 알림. 또는 그런 절차.

"슬푸드. 상공에 충성으로 히외말이에 익수참스[605] 히여슨이, 언제느 다시 만나 기리든 정회와 싱각히든 심수을 뉘다려 설화하리요. 슬푸다. 구천 타일에 다시 만느 금세의 미진한 연분을 풀가."

히여 이통하기을 이기지 못히드라. 즈스 부인이 양부인을 위로 왈,

"숭공은 비록 참스하여

94쪽

스나, 아즈 등이 원수을 갑고 영화로 도라온다 호이 부인는 천금귀체을 안심하옵소셔."

히며, 상서의 숭여을 기다리드라.

추셜 이후 음성의 득달하니 발서 권즈경을 잡아왓는지라. 이후 밧비 들어간이 원수 나와 이후을 마질 식, 진중에 들어가 좌정후에 원슈 하레 왈, 영을 급제시긴 일을 치스히고 원수 병제[606] 통곡한이, 니후 왈,

"그듸을 젼장에 보늬고 일시도 이질 날이 업든이, 너 형을 만나 듸공을 세우고 부친의 원수을 갑게 된이 엇지 질겁지 안니할이요. 이제 권적을 잡아 와스니 듸군을 거늘여 절도이 들어가 상공의 고혼을 위로하즈."

한듸, 장현이 치스 왈,

"금일 공명은 듸인의 덕이로소이다."

셔로 치사히고, 듸군을 거늘이고 절도로 힝한이라. 각읍 수령이 황황 분주이 듸후[607]하드라. 절강의 일은니 만호 성인들을 듸

---

605) 익수참사(溺水慘死). 물에 빠져 비참하게 죽음.
606) 형제의 誤記일 듯.
607) 대후(待候). 사후(伺候). 웃어른의 분부를 기다리는 일.

95쪽

후호거늘, 원수 만호을 불너 왈,

  "도스공 장만홍608)을 디령하라."

흔디, 만호 분부을 듯고 중홍을 디령호고 알인디, 원수 불너 왈,

  "장홍아 너는 나을 모로는야? 곳 장상셔의 아들 현이라. 그디 곳 안이면 오날날 엇지 부친의 원수을 갑푸리요."

  (장홍이) 중공잔줄 알고 복지 쥬 왈,

  "엇지 소인의 공이라 호올잇가. 도시 천슈온이다."

흔디, 원수 고스을 싱각호고, 강변에서 디성통곡호며 부친을 불으니, 장홍과 군졸이 다슬어 하드라. 원수 비회을 춤고, 장홍을 불너 금은치단609)을 만이 숭스하며,

  "일후 차질 거신이 그리 알나."

호고, 이별호고 이후을 모시고 절도의 들어간이, 노즈 춘남이 영제을 즉키고 일시도 써느지 안이호고 천은만 기다리든이, 장현 형제 영제전의 들으가 영이 발상하

96쪽

고 하늘을 울울러 쌍을 두달이며 통곡 왈,

  "불효즈 영이 왓느이다."

  익통한이 쏘 이후 영제전에 통곡 왈,

  "그디 나을 보고 반기미 업슨이 엇지 슬푸지 안이할이요."

  장현 형제 위로호여 우름을 근치고 노즈 춘남을 불너 왈,

  "너 이제 우리 형제을 만나니 반기미 업고, 삼도 힝인 보듯호니 무삼 일인

---

608) 장홍의 誤記.
609) 금은채단(金銀綵緞). 금과 은과 온갖 비단.

요?"

흔딕, 츈남이 딕 왈,

"소인이 딕상공에 노자옵든이, 상공은 절도에 영별흐고, 소쥬군도 이별하옵고, 상공의 고호을 위로하여 즉킨지 십연이 넘도록 원슈갑기을 주야로 축사흐옵고, 죽기을 싱각지 안이하옵든이, 소주군이 권젹을 잡아다가 상공 영위젼의 꿀일가 흐여쑵든이, 이제 소쥬 형제 영화로 도라오시고, 선군에 분을 싱각지 안이 한이, 소인이 권젹 잡아오기 전에아 엇지 영제을 써나오며 힝츠을 마질잇가. 소인는 싱각지

97쪽

말고 밧비 도라가 모부인을 모시고 염예 마옵소셔."
흐고, 인하여 들어가 거적잘이에 업들혀 말 안이 흐거늘, 원수 츈남을 붓들고,

"깃특다 츈남아. 집써는지 십연의 원수을 일시도 잇지 안이흐니, 흐날이 무심치 안이 하거든 엇지 권젹을 거져 두고, 무숨 면목으로 영위젼 다시 뵈일요? 이제 권젹을 잡아왓슨이 보라."
흐신딕, 그제야 츈남이 니러나 스려 왈,

"권젹을 잡아 와슨이 십연 썩은 간장을 풀가 흐ᄂ이다."

이젹의 두ᄌᄉ 들어와 상셔 영위젼의 통곡을 마지 안이 흔딕, 장현 형제 복지통곡 왈,

"딕인는 진졍흐옵소셔. 힝노말이에 괴로이 오셔셔 과도이 슬어흐옵시니 기후 실체할가 염예흐ᄂ이다."

ᄌᄉ 우름을 근치고 영의 손을 잡고 왈,

"부인이 너을 젼중에 보닉고 일시도 마음을 놋치 못흐든이, 이제 너의 형제 딕공을 세우고 원수을 갑

98쪽

　푼이 엇지 질겁지 안이할이요."

ᄒ드라. 장현 형제 자사와 이후을 모시고 춘남과 제장을 거늘여 상셔 신위전의 좌정후, 좌우을 호령ᄒ여 권ᄌ경을 잡아 들여 영위전의 ᄭ울이고 크게 ᄭᅮ지져 왈,

　"너는 들으라. 우리 부친과 본디 원수 업거늘, 희외 말이에 춤ᄉᄒ게 하문 무삼 일이며, ᄯᅩ 절강 사공을 천금을 주어 우리 부친을 죽일여 하문 무삼 일이다? 이제 너의 간을 니여 우리 부친전의 제ᄉ하리라."

ᄒ고, 자경을 힝수에 모욕시기여 결박ᄒ여 간을 니여 신위전에 녹코 축문지여 제사할 시, 그 제문에 ᄒ여스되,

　'모연 모월의 불효ᄌ 등은 돈슈빅비ᄒ옵고 구천의 ᄉ모친 원을 위로하옵난이다. ᄒ감ᄒ옵소셔. 디인에 충성으로 국가을 위로하옵다가 모악한 간신에 춤소을 입어 절도 말이에 참사ᄒ신이, 망극지통610)을 엇지 충양ᄒ릿가. 천의신조하와 전장에

99쪽

　나가 호적을 멸ᄒ고, 몸이 원슈의 처ᄒ여 천은이 망극한지라. 이 연유올 천ᄌ게 일이고, 권적을 잡아 산을 니여 올영을 위로ᄒ온이, 영혼이 게실진ᄃᆫ 걸이고 밋친 한을 풀어 ᄒ고 힝ᄒ옵소셔. 모친의 고디하미 업게하옵소셔.'

ᄒ고, 장현 형제와 츈남이 복지 통곡한이, 닐월이 무광ᄒ고 산천 초목 금슈다 슬어ᄒ드라. ᄯᅩᄒᆫ 권ᄌ경을 ᄭᅮ지고 눈물 안이 흘이리 업드라. 일일에 힝상을 차려 ᄒ북으로 갈 시, 장졸노 군정을 삼아 발힝ᄒᆫ이 각읍 수령이

---

610) 망극지통(罔極之痛). 한이 없는 슬픔. 보통 임금이나 어버이의 상사(喪事)에 쓰는 말.

딕후하여 호상범절이(611) 왕과 다름이 업드라. 하북에 다다른이 양분이(612) 춘남을 다리고 노중(613)의 나와 실성통곡하면 인수을 바리고 기절흐거늘, 춘낭이 붓들어 구하여 엿즈오되,

"부인는 기체을 진정하옵소셔. 상공에 신위을 마즈 위로하옵소셔,"

흔딕, 부인이 닌

100쪽

사을 수습흐여 승셔의 신체을 붓들고 딕셩통곡 왈,

"슬푸다. 가군을 한변 이별흐고 면목도 상딕치 못흔이, 무정한 세월의 죽음을 무릅시고 바라 기다리든이, 영혼으로 도라오신이, 고싱흐든 말과 기리든 말슴을 뉘다려 설화흐리요. 사람 죽기는 상스연이와(614) 창파의 춤수하물 면치 못하여신이 이연치 안이할이요. 박명(615)흔 나는 살고 가군 츙셩은 여명이 되여도다."

슬어하물 마지 안이 하드라. 승부(616)을 즈스찍 초등으로 모시고, 현이 모친 압페 나가 복지통곡 왈,

"불초즈(617) 현이 왓는이다. 소즈는 사라오고 부친은 고혼으로 도라오신이, 무삼 면목으로 모친 압페 뵈올잇가?"

흐며 통곡흔이, 부인이 현을 붓들고,

"너 부친과 너을 이별흐고 주야로 다시 보기을 원흐여든이, 승공은 기세

---

611) 호상(護喪)하는 범절(凡節)이. 초상 치르는 데에 관한 온갖 일의 질서나 절차가.
612) 양부인이.
613) 노중(路中). 길의 가운데.
614) 상사(常事)련이와. 보통 있는 일이지만.
615) 박명(薄命). 복이 없고 팔자가 사나움.
616) '상여(喪輿)'의 잘못.
617) 불초자(不肖子). 아들이 부모를 상대하여 자기를 낮추어 이르는 일인칭 대명사.

ᄒ시고, 너는 부친의 홀영을 위로하여 원수

101쪽

을 갑고 동싱을 구하여, 너 부친에 고혼과 ᄒ가지로 도라와 외로온 어미을 위로ᄒ이, 엇지 깃부지 안이할이요."

ᄯ 영의 손을 잡고 왈,

"너을 전장의 보닉고 주야로 근심ᄒ든이, 너 형을 만나 공을 일우고 원수을 갑고 도라온이, 엇지 깃부물 층양ᄒ리요."

하고, 서로 붓들고 통곡ᄒ이, 뉘 안이 실어하리요. ᄯ 외당의 나와 ᄌᄉ와 이후게 치ᄉ 왈,

"딕공을 세워 원수을 갑고 상공에 고혼을 평안이 도라오문 도시 두 사공에618) 은혜라. 엇지 다 갑ᄊ올잇가."

빅비 치ᄉᄒ드라. 노ᄌ 춘남이 부인게 문안ᄒ여 왈,

"소인는 사라오고 상공은 고혼으로 도라오시니 무삼 낫트로 부인게 뵈올잇가."

ᄒ고, 게ᄒ에 통곡ᄒ이, 부인이 슬푼 중 위로 왈,

"너는 시러 말ᄂ. 수말이 적소의 승공을 모시고 가다가 불힝ᄒ여 상공니 기세ᄒ시ᄆ, 너가 고

102쪽

혼을 즉키디기 평인이 모시온이, 그 공이 직지 안이한니 타닐에 만문지일이나 갑풀가 ᄒ노라."

충남이 불승감ᄉ619)ᄒ여 ᄒ드리. 잇쩌에 장원수 형제 이 사연으로 천ᄌ

---

618) 상공의.
619) 불승감사(不勝感謝). 고맙게 여기는 마음을 이기지 못하다.

게 상소하여 알인이라.

각설 천자 장현 형제을 주야로 기다리든이, 맛춤 원수의 승소을 보시고 즉시 쩨이보신이 흐여시되,

'명국 되원수 겸 되도독 장현은 돈수빅비 황승게 올이옵는니, 천은이 망극하와 부친의 고혼을 군졸노 평안이 모셔와 외로온 어미을 위로흐온이 엇지 천은이 망극지 안이하올잇가. 이제 선순[620]에 안중흐옵고 즉시 올나가 망극지인[621]을 만분지일이나 갑싸올잇가 흐느이다.'

하여드라. 쳔즈 남필[622]의 층찬 왈,

"이 스름은 진실노 효즈라."

흐시고 회답하시되,

'오호라. 경의 부친을 평안이 안중하라. 짐이 옥체을 가부

103쪽

야니 못흐는 고로 나가 위로치 못흔이 엇지 붓그럽지 안이 할이오. 경등은 부인을 모시고 즉시 입조하라.'

쏘한 하교 왈,

'장지성을 보국충신이라. 각관의 힝관흐여 국상 일체로 장스하라.'

흔이, 제신이 영을 듯고 각읍으로 힝관흐드라. 잇쩌 원수 비답을 듯고 천은을 축사흐고 길일을 퇵흐여 선순의 안중할 시, 만조빅관이며 각읍 수령드리 모도 조숭[623]흐고 상공에 원수 갑푸물 치흐하여, 국능[624] 일체로 장스한이 거록한 거동은 이로 칭양치 못할너라. 이러구러 날이 저물미 조정 빅관 각

---

620) 선산(先山). 조상의 무덤이 있는 산.
621) 망극지은(罔極之恩). 끝없이 베풀어 주는 혜택이나 고마움.
622) 남필(覽畢). 끝까지 읽어 보기를 마침.
623) 조상(弔喪). 조문(弔問). 남의 죽음에 대하여 슬퍼하는 뜻을 드러내어 상주(喪主)를 위문함. 또는 그 위문.
624) 국릉(國陵). 나라의 능(陵)

읍 수령드리 원수게 비별625)하고 각각 도라간이라. 원수 자사와 이후을 모시고 도라온이라.

잇씨에 천즈 원수을 싱각ᄒ시고 장현으로 좌광녹 겸 디스마 디군을 하이시고, 영으로 병부상셔 겸 이부시랑을 봉하시며, 각각

104쪽

유지626)을 봉하여 사관으로 명ᄒ여 나려가 원수게 봉비627)즉쳡628)ᄒ디, 원수 직시 북힝스비629)ᄒ고 쩌여본이 정열부인 기직630)와 즁현 형제의 유지라. 원수 천은을 축스ᄒ고 사관을 디졉ᄒ여 보닉이라. 원수 즈사게 엿즈오되

"직금 소자 등을 벼슬을 봉하여 불으신이 거역지 못ᄒ와 즈스에 슬ᄒ을 쩌ᄂ온이, 복원 디인는 소즈와 ᄒ가지로 올나가 세월을 보닉오면 소원을 풀가 ᄒ나이다."

ᄒ디, 즈스 싱각하되,

'닉 쏘ᄒ 즈식업고 다만 여식 분이라. 너을 의탁하여 후스631)을 일우리라.'

ᄒ고, 즉시 가장632)을 수십ᄒ이, 장현이 디히ᄒ여 모부인과 즈스을 모시고 장인에 두딜ᄒ이, ᄂ후 마조나외 식로이 반시ᄒᄂ라.

잇씨의 장현 형제 천즈게 숙비ᄒ온디, 천즈 반기스 현의 손을 잡고,

---

625) 배별(拜別). 절하고 작별한다는 뜻으로, 존경하는 사람과의 작별을 높여 이르는 말.

626) 유지(有旨). 승정원의 담당 승지를 통하여 전달되는 왕명서(王命書).

627) 몽비(蒙批). 임금에게 상소하여 비답을 받던 일.

628) 직첩(職牒). 조정에서 내리는 벼슬아치의 임명장.

629) 북향사배(北向四拜). 북쪽을 향하여 네 번 절함.

630) 기재(記載). 문서 따위에 기록하여 올림.

631) 후사(後事). 죽은 뒤의 일.

632) 가장(家藏). 물건 따위를 집에 간직함. 또는 그 물건.

"짐이 그딕 부친을 중노의셔 맛지 못한이 참괴ᄒ도다."
ᄒ시고

105쪽

정현으로 연왕을 봉ᄒ시며 노비와 전답을 상급[633]ᄒ시고 궁을 지여 현제 한궁에 잇게 ᄒ이, 장현 형제 쳔은을 축사ᄒ고 물너나와 ᄌᄉ 양위을 궁으로 모셔 각각 쳐소을 정ᄒ고 지성으로 모신이, ᄌᄉ 양위 친ᄌ식니나 (다름)업시 지닉들아. 원수 궐닉의 들어가 알이되

"소신 형제 지금가지 존명을 보젼ᄒ기와 이비에 고혼 위로ᄒ고 젹국을 파ᄒ고 원수갑기는 두ᄌᄉ와 이운경의 덕이로소이다. 쏘 졀강 ᄉ공 중홍의 심이온이 복원 펴하는 신의 원을 살피사 은혜을 갑게 ᄒ옵소셔."
ᄒ딕, 쳔ᄌ 들으시고 딕히ᄒ사, 즉일에 두ᄌᄉ로 좌싱상을 봉ᄒ시고, 이후로 이부상셔을 봉하시고, 사공 장홍으로 희남졀도ᄉ을 봉하시고, 두ᄌᄉ와 이후 쳔은을 축ᄉᄒ고 물너가온이라. 장홍이 숙비[634]ᄒ온딕, 쳔자 하교ᄒ시되,

"그딕가 자현

106쪽

을 구하여 쳔ᄒ을 평정ᄒ고 원슈을 갑게 한이 도시 그딕의 은혜라."
ᄒ신딕, 중홍이 사은숙비ᄒ고 물너나와 연왕을 뵈온딕, 연왕이 중홍다려 왈,

"발이 졀도에 가 친민[635]을 잘ᄒ라."

---

633) 상급(賞給). 상으로 줌. 또는 그런 돈이나 물건.
634) 숙배(肅拜). 서울을 떠나 임지(任地)로 가는 관원(官員)이 임금에게 작별을 아 뢰던 일.
635) 친민(親民). 백성을 다스림.

ᄒᆞ고 이별ᄒᆞ이라.

추설 연왕이 나지면 나라을 도와 츙셩으로 쳔ᄌᆞ을 셩기고 밤이면 호셩으로 부인을 셩긴이 국가 틱평ᄒᆞ드라.

잇ᄯᅢ의 쳔ᄌᆞ 원수에 공을 싱각ᄒᆞ시고 만조빅관을 모와 조희을 비셜하고 연왕을 명초636)ᄒᆞ신듸, 잇ᄯᅢ 연왕이 쳔ᄌᆞ의 명초하시믈 보시고 직시 궐닉의 들어가 복지 ᄒᆞ온듸, 쳔ᄌᆞ 반기스 하교 왈,

"경을 명초하문 경에게 ᄒᆞᆫ말을 부치고져 ᄒᆞ여 쳥하여슨이 질기여 용납할소냐?"

ᄒᆞ신듸, 연왕이 복지 주 왈,

"황영을 엇지 봉ᄒᆡᆼ치 안이 하올잇가. ᄒᆞ교을 듯고져 ᄒᆞ난이다."

ᄒᆞᆫ듸, 쳔ᄌᆞ 딕히하스 왈,

"공중에 맛참 시양 공쥬

107쪽

하ᄂᆞ을 두어스되, 연광이 십육세라. 요조한 직덕과 이미광에 도덕을 본바든이 족키 영웅에 빅필을 욕되게 안이할가 하노라."

ᄒᆞ신듸, 연왕이 복지수명637)ᄒᆞ고 믈너ᄂᆞ온이라. ᄯᅩ 쳔ᄌᆞ 이후을 불너 왈,

"숙여을 구하여 승영으 혼ᄉᆞ을 졍ᄒᆞ라. 제의 형제을 한닐에 원잉의 ᄶᅵᆨ을 일우게 ᄒᆞ면 엇지 깃부지 안이할이요."

ᄒᆞ신듸, 이후 주 왈,

"지금 좌승상이 여식이 잇시되 빅ᄐᆡ구비638)ᄒᆞ온이 닙시ᄒᆞ여 혼인을 졍하옵소셔."

쳔ᄌᆞ 들으시고 즉시 좌싱상을 불너 왈,

---

636) 명초(命招). 임금의 명으로 신하를 부름.
637) 복지수명(伏地受命). 땅에 엎드려 명령을 받음.
638) 백태구비(百態具備). 온갖 아리따운 자태를 고루 갖춤.

"궁즁에 공쥬잇기로 쟝현과 혼인을 졍호엿건이와, 경의 여식이 잇다훈이 즁영과 혼스하미 엇써훈요?"

좌승상이 듸히하여 왈,

"소신도 그 마음 이스나, 훈 궁중의 잇씁기로 그말을 늬지 못하여는이다."

천즈 즉시 퇴일훈이 슴월 망일이라. 잇써의 쟝현과 승상이 느와 부인게 일너 사려 왈,

"여익의 혼

108쪽

사을 염예호여씁든 이제 혼스을 졍호여도다."

호고, 질기물 층양치 못호거늘, 양부인니 쟝현과 츠즈 영을 다리고 듸히호여 왈,

"공주는 일즉 보지 못호여건이와, 즈스씩 소제는 한집의셔 십연을 길너신이 화용월틱⁶³⁹⁾와 영모직질⁶⁴⁰⁾이야 모로이요. 이제 공쥬로 현에게 허혼⁶⁴¹⁾호시고, 츠즈 영은 즈스씩 소제로 하여금 혼인을 졍호여슨이 엇지 질겁지 안이할이요."

이러구러 길일을 당훈이, 연왕 듸연을 배셜호고 즉시 예을 갓초고 궁중으로 들어가 기려기을 젼호고, 연셕호고, 연셕의 느간이, 공쥬 칠보단쟝⁶⁴²⁾에 몸에 명월픽⁶⁴³⁾을 츠고 머리에 화관⁶⁴⁴⁾을 씨고, 좌우에 슴천궁여 시위호여 각식화초로 호여 나오는 거동을 본이, 두렵훈 명월이 흑운을 벼섯는 듯 호

---

639) 화용월태(花容月態). 아름다운 여인의 얼굴과 맵시를 이르는 말.
640) 용모(容貌)와 재질(才質). 용모(容貌). 사람의 얼굴 모양. 재질(才質). 재주와 기질을 아울러 이르는 말.
641) 허혼(許婚). 혼인을 허락함.
642) 칠보단장(七寶丹粧). 여러 가지 패물로 몸을 꾸밈. 또는 그 꾸밈새.
643) 명월패(明月牌). 둥근달처럼 생긴 패.
644) 화관(花冠). 칠보로 꾸민 여자의 관. 예장(禮裝)할 때에 쓴다.

고, 천궁황이[645] 인간의 날인 듯 ᄒᆞ드라. 시랑 신부 피츠 예을 일운 후에
파연ᄒᆞ고 각각 궁즁으로 도라와 모부.

* 여기서 소설이 끝나고 있다. 마지막 장이 낙장된 듯하며, 혼례를 마친 부부가 모친
께 인사드리고, 화목하게 잘 살았다는 내용일 것으로 추측된다. '권지하'가 있다면,
그 내용은 군담보다는 동서간의 갈등일 가능성이 클 것이고, 가정소설의 성격이
강할 것으로 생각한다.

---

645) 천궁항아(天宮姮娥). 하늘 궁전에 있던 상아가. 상아(嫦娥). 달 속에 있다는
전설 속의 선녀

노영근

국민대학교에서 구비문학을 전공하였다.
"이야기문학에 나타난 가족탐색 연구"로 박사학위를 취득
하였으며, 안양대, 경기대, 한신대 등에서 강의하였다. 현
재 국민대학교 국어국문학과 전임강사로 있으며, 현지조
사를 비롯한 이야기 자료의 수집과 정리에 관심을 두고
있다.

장현전

초판 인쇄 2010년 2월 10일
초판 발행 2010년 2월 22일

주 해 노영근
펴낸이 박찬익
편집책임 이영희
책임편집 이기남

펴낸곳 도서출판 **박이정**
주 소 서울시 동대문구 용두동 129-162
전 화 02)922-1192~3
전 송 02)928-4683
홈페이지 www.pjbook.com
이메일 pijbook@naver.com
온라인 국민 729-21-0137-159
등 록 1991년 3월 12일 제1-1182호

ISBN 978-89-6292-091-8 (세트)
　　　 978-89-6292-096-3 (94810)

* 책값은 뒤표지에 있습니다.